シモーヌ=ド=
ボーヴォワール

ボーヴォワール

● 人と思想

村上 益子 著

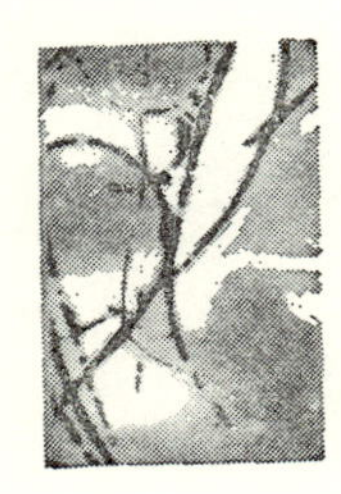

74

まえがき

私が大学の哲学科に入ったころは、哲学を専攻する女子学生はまれであったので、女が哲学を勉強すること自体、不可思議な現象とみられた。「女が何で哲学をやるのか」とか「女はいつから人間になったのか」という質問に悩まされた。そこでとにかく私は、自分を含めて女の存在理由について、哲学的に説明しなければならない羽目に追いこまれたのである。当時、女の哲学者は、少なかったし、特に女性を哲学的に論ずるという試みは非常にまれであった。ボーヴォワールこそ、この仕事を最初に手がけた偉大な先達であった。だから、仮に多少の意見の相違があったとしても、私は昔も今もボーヴォワールの一貫したファンなのである。

もし、ボーヴォワールを一つの文章で表せるとしたなら、私はためらいなく次の言葉をあげたい。「人は女に生まれるのではなく、女になるのだ」。

これは彼女の代表的著作である『第二の性』の中での、ある書き出しの言葉である。女とは、生得的、宿命的な存在ではなく、つくられたものであるというテーゼは、この本が書かれた一九四五年当時には、決定的なひびきをもっていた。当時若い学生であった私にとっても、目のうろこが落ちる思いの言葉であった。女とは既成の男性文化によってつくられたものであるという説は、それ自体男性文化に対する攻撃を意味していた。彼女はこのつくられた女の中の欺瞞を告発することによって、つくり手である男性文化の欺瞞を告発したのである。この言葉は、ある時代の精神を担った言葉であったように思える。それ故にその時代には最も輝かしい光を帯び、時代の歴史的使命を果たした言葉であった。

しかし、ヘーゲルがいったように、思想もまたその歴史的使命をもつものである以上、時が去り、歴史が移り変わるとともに、その思想の意味も変わり、果たすべき役割もまた変化する。女はつくられたというその被害者としての女性の側面はまだ存在しているけれども、女をみる視点に関しては必ずしも現在は当時と同じではない。『第二の性』も、時代に果たした輝かしい使命を徐々に失いつつあるのかもしれない。なぜなら、女はつくられたものであるにとどまらず、現代はむしろ女が、あるいは女もまた歴史をつくる時代になりつつあるといえるかもしれないからである。

このように女が仮に、女の手で歴史をつくりうるとしたならば、女は女独特の個性を歴史に刻みこむにちがいない。この創造的次元で語られる女らしさは、もはやボーヴォワールのいう受動的につくられた女らしさではなく、女がむしろ素質としてもっている独特の価値、男たちですら所有しえない独特の個性の発現であるのかもしれないのである。

現代が、未来に向かってますます、女が自分自身で女をつくっていき、また女が歴史をつくっていく面がひらけていく時代であるとするならば、女は男につくられたとするボーヴォワールのテーゼは、限られた時代の真実を語るものにすぎなくなってしまうだろう。しかしそれがあくまでも一つの真実である限り、ボーヴォワールの『第二の性』は、一つの不滅の古典としての価値を維持しつづけるであろう。

思想家としてのボーヴォワールの特徴は、人生を投企としてみるという点に求めることができる。投企とは自分が意図的にたてた目標に向かって行動をおこすということである。社会の習慣に従ったり、他人のたてた計画に追従したりするのではなく、あくまで自分自身が意図的にたてた計画に従った行動のみが、価値ある行為となりうるという思想である。このボーヴォワールの思想は、できあいの人生に満足せず、人生を絶え間のない挑戦と冒険に生きる彼女の基本的な姿勢の中からつくりあげられたものなのである。この投企がある限り、人から押しつけられた性格（ボーヴォワールはこれを他者性と呼んでいるが）を破棄する起爆力となりうるのである。これがボーヴォワールをして女性という他者性、あるいは老人としての他者性にたち向かわせる起動力となったのである。人生を絶え間のない冒険に生きようとすすめるボーヴォワールの思想は、不断に人間に勇気と活力の再生産をすすめる思想なのである。

しかし、このボーヴォワールの思想は一種の活動主義である。だから当然、何も行為をせず日常性の中に埋没する生活（ボーヴォワールは、これを内在性と呼んでいる。投企は内在との対比で語られる時、超越ともよばれている）を拒否するものである。この思想は一つの真実を語っている。しかし、反面ボーヴォワールには実現に向かってもくろむこと自身に価値があるのであって、すでに実現ずみのものには価値がないという考え方が濃厚である。したがって、実現されてしまった価値に満足し、自足するという態度を過小評価する面をもっている。これはサルトルとも共通する考え方である。アリストテレス、ニコライ＝ハルトマンなどは、計画された価値よりも、実現された価値の方がより高いといっている。それ故に彼女の哲学は、たとえば、老人や、結婚生活などのようにすでに実現された価値の上に満足し、これに長く自足する態度を評価する点に欠ける傾向をもっているといえよう。しかし、この思想の長所と短所も、実際にはボーヴォワールという名の女性の生き方の個性的特徴とでもいうべきものなのである。本書を通じて彼女の「生きる試み」の軌跡を追い求めてみようと思う。

目　次

ボーヴォワール関係地図

（●はボーヴォワールが足跡を印した都市）

I ボーヴォワールの生涯

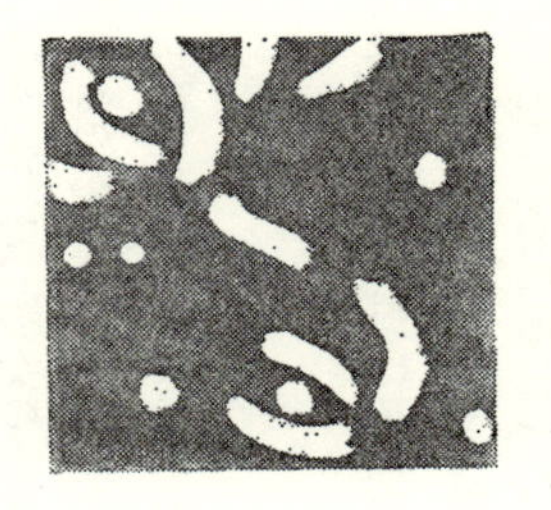

娘時代

ボーヴォワールの生涯については、彼女自身の手による詳細な伝記がある。つまり、『娘時代』、『女ざかり』、『或る戦後』、『決算のとき』の順に書かれている。これはある意味で、彼女の小説より面白い。というのは、ボーヴォワールという生身の人間の生きざまそのものが十分に面白いからである。個人としての生き方と、その思想がつくられる関係も、この自伝が明確に教えてくれるからである。

幸福な幼年時代

ボーヴォワールは一九〇八年、パリで生まれた。父は弁護士で、母は裕福な銀行家の娘で熱心なカトリック信者であった。弁護士である父は「話上手で魅力的な男」であり、演劇に対して最も情熱を抱いていた人物であった。彼は上流社会に憧れていたが、財産と家柄の点で「平凡な地位」しか得られなかった。つまり弁護士という地位は「貴族でもなく平民でもない」という「はっきりしない」地位だったのである。この地位は、ボーヴォワールの母方の祖父の破産をきっかけにして徐々に下降していった。破産のおかげで「母の持参金はとうとう支払われなかった」。彼は将来を悲観し「弁護士の事務所を開く気」も失い、例の祖父が破産後

メーリニャックの家

始めた製靴工場につとめたが、その工場も危なくなって、親類の手づるで事業広告の新聞社に入り、さらにいくつかの新聞社を転々とした。ボーヴォワールの家族は、より狭い小さなアパルトマンに移っていったのであった。

幼年時代のボーヴォワールは、文句なく幸福であった。家族の関心と愛情を一身に集め、「たいへん陽気な女の児」であった。毎年夏になると父方の祖父の住んでいる田舎にでかけ、自然の恩恵を満喫した。六歳で、上流階級の子女が入る学校、デジール私塾に入り、知識欲を満足させ、信仰の方も熱心だった。彼女の道徳教育は、信仰心の厚い母が受けもち、学科の方は、合理主義者・懐疑論者で、信仰心のない父の方が受けもった。普通の女の子と同じように彼女は母親の圧倒的な影響のもとで育った。彼女の母は、美貌で、幼いボーヴォワールには「よく笑い、ひどく楽しそうな若い女性」として映った。信仰深く、自己犠牲の精神に富んでいたが、決して聖人ではなく、ひどく怒りっぽく、子供には独裁的であった。つまり普通の感情豊かな母親であり、娘と一卵性的な幸福な親子だったのである。「母と私は、植物のような一種の共生を営んでいた。母を真似る努力をせずに、私は母によって形づくられていった」。

両親の間はうまくいっていたが、二人の間に微妙な気質の差があった。母の方はいわゆる伝統的な価値観とか、自分の属している階層特有の考え方から一歩もはみだすことのできない性質であったのに対し、父の方の知性は、信仰と異質のものであった。ボーヴォワールにはこの両親の影響をうけてこの奇妙なチグハグがすでに幼い頃から存在していたのである。ボーヴォワールはすでに「知的な生活面――父が受けもっていた」と「精神的な生活面――母から指導されていた」は「根本的に相異なるもの」、互いに「何の干渉ももたないものだ」と考える習慣がついていたとのべている。「パパの個人主義とその不敬な道徳観は、母が私に教えてくれた伝統的な厳しいモラルと対照的だった。この種の不均等が私を反発させ、後に私を知識人とさせたことの大半を説明している」とのべている。

苦痛に満ちた自己形成期

幼年時代とは対照的に、彼女は苦痛に満ちた形成期を迎える。彼女が人間として一人立ちしようと企てた未来は、両親の望む未来と真っ向うから対立したためである。当時、フランスでは上流階級の娘は持参金をもって結婚するのが常であった。女性が進学することは、職業につくためであり、それは持参金のない貧乏人の娘の進路であった。ボーヴォワールの場合は、父親が資産を喰いつぶし、娘を上流社会へ嫁がせる持参金を用意できなかったため、偶然に彼女のソルボンヌ大学進学は実現したのであった。彼は娘に希望をではなく恨みをもっていた。なぜなら「私はただ父の重荷だというだけではなく、私は父の敗北を生身に具象していたのである」と彼女はのべている。

このようにして進学の方は、偶然ボーヴォワールの望む方向に決まったのであったけれども、上流階級としての若い娘の躾、生き方に関して両親は一歩もゆずらなかったため、ボーヴォワールは、ガリ勉のかたわら絶望的な青春時代を送らざるをえなかった。

彼女は一四歳の時に信仰を失った。これは彼女の母及び彼女の通っているデジール私塾との関係を悪くした。しかし彼女はバカロレア国家試験に合格することによってこの学校を終えることができた。「いつもすべてを知りたいと思って」いる彼女は、ソルボンヌ大学で哲学を学びたいと思った。そして大学の免状によって得られる職業として教職、それも官立の学校の教職を望んだ。このようにして一九二五年一〇月より学生生活が始まったのである。しかし、彼女はソルボンヌ大学の講義にもあまり満足できず、ガリ勉に明け暮れ、文学を読みあさることにわずかな心の慰めを見出すのであったが、実際には気の狂わんばかりの孤独と退屈に責めさいなまれていたのであった。

彼女は社会の偏見に抗して、自己確立しようとしていたのであるが、彼女の家庭はいかなる援助も与えなかったのである。

サルトルとの出会い

一九二九年六月、彼女が哲学の大学教授資格試験（アグレガシオン）を受ける準備をしている時、サルトルと出会ったのであった。サルトルとその仲間たちは、高等師範学校（エコール・ノルマル）の生徒の中で「乱暴で有名な」グループであった。彼らは「ブルジョア的な規律」を嘲笑し、「あらゆる理想主義」を嘲笑していた。出口を求めて模索していたボーヴォワールは、彼らと出会うことによって、一気に解放されたのであった。彼女は幸運だった。同じ年彼女の親友のザザは、希望を失い、力尽きて死んだ。この親友の死は、ボーヴォワールの生涯にとって忘れがたい事件であった。「ともに闘ってきた、ザザの死の代償として私は自分の自由を勝ち得たのだ、と私は長い間そう信じていた」と彼女はのべている。

ボーヴォワールの娘時代の帰結は、反逆的な個人主義である。これは、彼女の特殊な青春からもたらされたものである。つまり、彼女の自立への道が、極端な孤立と迫害の中で——両親に対してまで——達成されざるを得なかったことの中にある。彼女にとって、女が自由な人間として生きることは、彼女をとりまく一切の人間関係と縁をきり、異端者となることだったのである。自分以外、誰ひとり頼る人もない、自己確立への道は苛酷をきわめるものであった。ブルジョア的な価値観、ブルジョア的な社会、家族制度などの秩序に対する不信がボーヴォワールの思想の原点にある。個人の確信の方が一切の既成の価値や秩序よりも先行すべきであるという姿勢が形づくられたのである。

彼女はのべている。「人々は……私を受け入れてくれなかった。……私を追放した。……この追放は無限につづくだろう。……私はいつもちやほやされ、取り巻かれ、賞められてきた。だから、この運命の厳しさが私をおびえさせた」。「それはまず父によって知らされた。私は父の援助を、好意を、賛同を当てにしていた。父がそれを拒否したので私は非常に失望した」。「とにかく私は不正の犠牲となり、恨みは徐々に反抗に変わっていった」。「誰ひとりこのような私を認めてはくれず、誰ひとり私を愛してくれなかった」。「私は独りだ。人間はいつも独りだ。私は永久に独りだろう」。

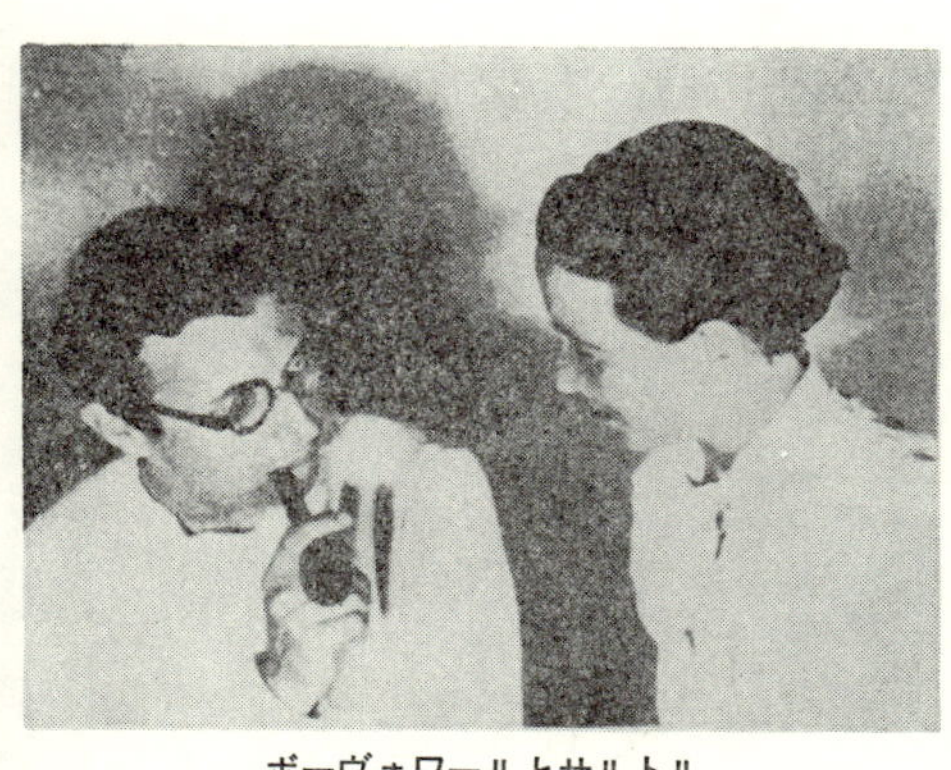

ボーヴォワールとサルトル

一般に、個人が社会から排斥された時、家族はその個人をかばう砦となるか、それとも社会と一緒になってその個人を追放するか二つの場合が考えられるが、ボーヴォワールの場合は明らかに後者だったのである。このことは、彼女の頑固さと、秩序そのものに対する不信感を増大させた。現に彼女はサルトルとの間に結婚という法的手続きを介入させていない。そして彼女の思想の根底に必ず現れてくるテーマは、「他者」、「異端者」、「余計者」、「私生児」などである。彼女は、たしかに父親をもっていたが、精神的には「父なし子」と同じであった。世間と一緒になって娘の生き方を非難する父は、精神的な意味で父としての資格を欠いている。彼女が正真正銘の「父なし子」であるサルトルと意気投合したということも決して偶然ではないのである。

ボーヴォワールはサルトルとの出会いについて次のように語ってい

る。「サルトルは、私の一五歳の時の願望にぴったりあてはまっていた。彼はもうひとりの私であり、私のあらゆる熱中を極端にもっていた。彼とはいつでも何でも分け合えた。八月の初め、夏休みに彼と別れた時、私は彼が自分の人生からもう絶対に去らないということを知っていた」。

彼らの意気投合する結節点はブルジョア的秩序に対する〝憎悪〟である。自分たちを窒息させようとする社会に対する「個人主義的な反逆」が、二人の人生の出発点に存在したのであった。ボーヴォワールの次のさりげない言葉は、実は重い現実から出たものである。「ある意味において私たちはふたりとも家なしであり、このシチュエーションを自分たちの原則とした」。

教師時代

自立とサルトルとの契約結婚

一九二九年、彼女は祖母の家の下宿人となって、両親のもとを離れ、個人教授をしたりヴィクトール＝デュリュイ高等中学校（リセ）の非常勤講師をしたりして生活費をかせぎ、完全に独立した生活を獲得した。彼女は、「自由に夢中」だった。サルトルは彼女より三つ年上であった。「彼はザザと同じように私と対等だった。私たちはいっしょに世界発見に出発したのである。それにもかかわらず、私はあまりにもまったき信頼をサルトルにおき、彼もそれを私に保証してくれた。それは昔、両親や、神が与えた決定的な安心感のようなものだった」。彼女はサルトルの提案した二年間の契約結婚に合意する。決して「あかの他人にならず」、しかも決して「束縛や習慣に墜（お）ちてしまわないよう」な、自由で、しかも親密な関係をめざしたのであった。一一月よりサルトルは一八ケ月の兵役につくが、休暇ごとに二人は会っていた。

一九三一年、教職が決まり、サルトルはル゠アーブルに、ボーヴォワールはマルセイユに決まった。マルセイユはパリから八〇〇キロあり、休暇の時以外には会えなかったが、二人は結婚という便利な方法をあえて選ばなかった。結婚は彼らの主義に反していた。「私たちのアナーキズムも老骨の絶対主義者たちのそれと同様に堅固で果敢であり、社会が自分たちの私生活に介入することを拒否した。……独身は、だから私たちにとって自然だった。よほど重要な理由がなければ、嫌悪する社会の諸習慣に譲歩する決心はつかなかっただろう」と彼女はのべている。しかし、もし子供の欲しい場合は、結婚するという重要な理由となる。しかし彼女は二つの理由で子供を欲しなかった。一つは作家となることと母性が両立しにくいと思われたこと、一つは彼女の娘時代の苦しみに由来している。つまり「私は両親のあいだにほんのわずかな共通点しか見出さなかったから、子供をもつ前から、息子や娘はあかの他人のように感じられた」。

マルセイユで彼女は、教師として情熱をこめて教えた。そして自由の時間には、彼女はマルセイユの自然の中を歩きまわった。マルセイユで最も好まれているスポーツはハイキングで、皆クラブをつくって登山をしていたが、彼女はたった一人で「着古した服を着、運動靴をはき」地図をたよりに九時間から一〇時間の道のりを、時には四〇キロも踏破した。彼女のこの自然好きは偏執狂的なほどであって、おかげでこの時も、辺地の孤独を「お祭り」にかえることができた。「一日一日、私は誰の助けもかりずに自分の幸福を築いていた」。

野心と現実遊離

一九三二年、ボーヴォワールは、ルーアンのリセに転任し、一九三六年には、サルトルはランに、ボーヴォワールはパリのリセ－モリエールに転任した。これで二人の間の物理的な距離は近くなった。幸運にも二人の関係は「正式の結婚と同じくらい尊重され」た。この転任は視学総監の親切な配慮によるものだったのである。

戦争が始まるまでの間、二人はパリの近くに職を得たおかげで週に一度はともに過ごすことができた。少数の友とのみつき合い、彼らは将来の野心である作家となることのための準備をつみ重ねていたのである。すさまじい勢いで「私たちは新刊書を全部読んだ」。学校が休みになると旅行した。イギリス、イタリア、シシリア、ドイツ、中央ヨーロッパ、ギリシアなどへ。

一九二九年から三九年までの一〇年間、彼らは若さにまかせて、自由な生活を満喫したのであった。教師という職は、それほど忙しくなく（一週一六時間）、しかも生活は保証されていた。彼らは未来の著作に猛然と取り組んでもいた。ただ一つの欠点は〝現実遊離〟ということであった。たしかに彼らは教師として熱心であり、知的にも誠実であった。しかし、その生活は「あらゆるプチブル知識人と同様、現実遊離（デーレアリテ）という特徴」をもっていた。「私たちは単にあらゆるブルジョアと同様に貧窮から護られ、あらゆる公務員と同様に不安定から護られていただけでなく、子供もなく家族もなく、責任もない、仙人（エルフ）だったのである」。

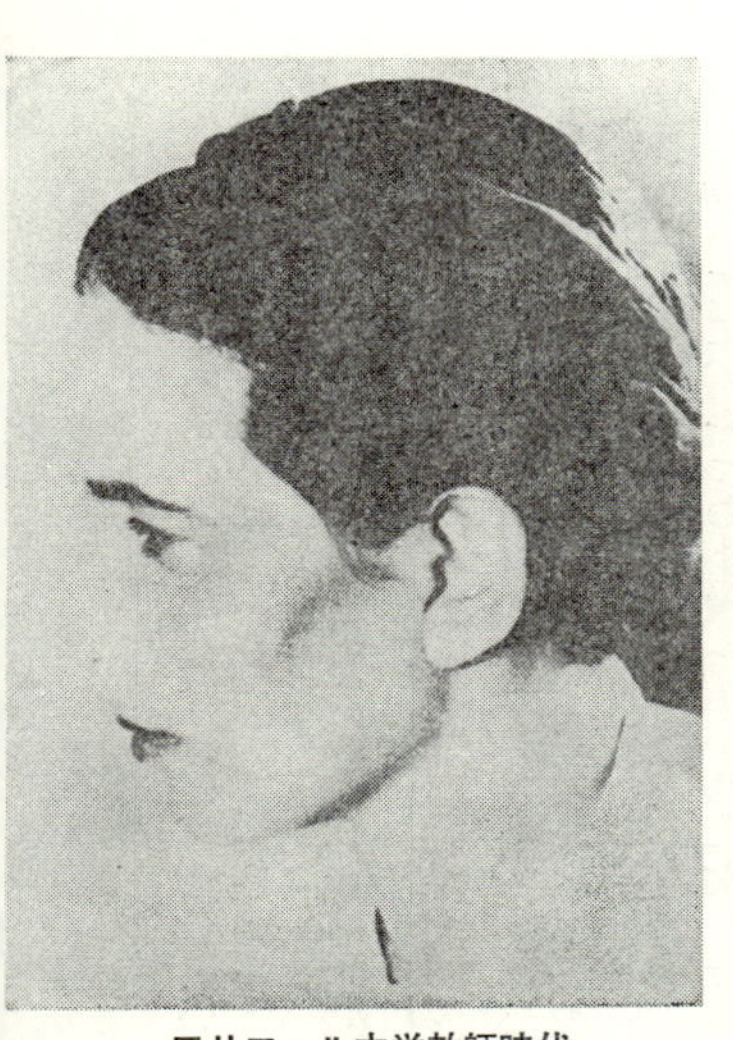
モリエール中学教師時代のボーヴォーワール

彼らの反逆的な個人主義は、その代償として、現実そのものに対する「情ないくらい抽象的」な考え方という結果をもたらした。たとえば「ユダヤ人である」ということは何を意味するかという質問に対して「なんの意味もないの。ユダヤ人ってものは存在しないのよ。あるのは人間だけ」と答えるといった具合だった。

第二の転機

一九二九年のサルトルとの出会いは、ボーヴォワールの一生の転機であったが、一九三九年もまた一つの重要な転機であった。〃仙人〃の自由に終わりがきたのである。彼女の生活は一九二九年と同じぐらい「根本的にくつがえされた」。「歴史が私を捉え、以後私はこれから離れることができなくなった。同時に私は文学の世界に深く、そして終生入り込むことになった」。第二次大戦が近づきつつあり、同時にボーヴォワールは、数々の失敗作を書き損じた果てに、一つの小説『招かれた女』を書き始め、小説家になりたいという彼女の望みは漸く叶えられようとしていた。彼女はすでに三〇歳だった。

彼女は一貫して小説家を志していた。初めから哲学者としての自己を考えていなかった。彼女にとって哲学は「あきることのない新鮮な満足」を与えるものであった。しかし彼女は自分を「哲学者だとは考えていなかった」「哲学書の内容に造作なく入っていけるのは、自分に創意が不足しているために外ならないということを、私はよく知っていた」。哲学者になるための条件は、それがどこから生じるのかわからないが、「体系という整然たる妄想を大成」しようとする執念、そして、「自己の洞察に普遍的な原理としての価値を与えようとする」執念が必要だと彼女はのべている。彼女はこの条件をサルトルには認めている。「サルトルと語り合い、彼の辛抱強さと大胆さとをおしはかって見るにつけ、哲学に没頭することは、骨の髄までひとつの思想にとりつかれた場合にかぎるのだ」。

彼女は、「他人の思想を解説したり、展開したり、判断したり、寄せて集めたり、批判したりすること」は好まなかった。彼女はそれよりも「自分の経験の中にある独創的なものを、人に伝えたい」と思い、文学の道を選んだのであった。彼女はこの志を実現するのに実に一〇年という長い修業時代を費したのであった。彼女は「それにしても一〇年とは長い」といっているが、これは彼女の環境上のハンディキャップ、女性故に蒙った疎外＝成熟の遅れとも考えられよう。

個人主義の変貌　一九三九年に始まった第二次世界大戦は、ボーヴォワールの思想に決定的な影響を与えた。まずサルトルが兵隊として召集され、そして捕虜となる。パリはドイツ人に占領される。彼女が排斥しつつ、安住していた今までの秩序は、完全に崩壊したのである。世界は戦争によって本当に無秩序になってしまった。彼女の個人主義は、根本から再検討されねばならなかった。

彼女は、授業は続けたものの、サルトルの安否に一喜一憂する不安な日々を過ごした。しかし、幸運にも、サルトルは脱走に成功しパリに戻ってくる。これによって彼女の心に平和が戻ったが、それは「昔とは全く違った安らかさ」であった。「外的な事件が私を変えてしまったのである。かつてサルトルが私の『精神分裂病』と呼んでいたものは、これを否認させずにはおかない現実の前に、ついに屈服してしまったのだ。やっと私も、自分の一生がひとり合点な物語でなく、世界と自己

兵士のサルトル

のあいだの妥協だということを認めた」。「精神分裂病」というのは、彼女の独我論的な強引さをさしている。これは、前にのべた彼女の苛酷な自己確立期の副産物である。孤立無援であった彼女は、自己を防衛するために世界を無視せざるを得なかった。つまり「≪人生が自分の意志以外の意志を有していること≫を拒否していたのである」。彼女はこれを「私の楽天主義（オプティミスム）の極端で常軌を逸した形」ともいっている。「自分の計画を現実に適応させるかわりに、私は、現実を単なる附属物として何事にもめげず突進して行った」。彼女は漸く、他人を認め、世界を認めるという成熟の地点に達したのである。小説『招かれた女』の主要テーマは「ほかの人も私と同じ資格において、私と同じ明証性をもって存在する」ということであった。

連帯の思想とレジスタンス

戦争は、同時にサルトルをも変えた。それは二つの側面からである。一つは戦争が今までの秩序そのものを——それをサルトルは弾劾していたわけであったが——崩壊させたことである。このことは逆に彼に今まで「自分がどれほどそれに密着していたかを」理解させた。二つ目は彼が捕虜になったことである。捕虜としての連帯の中で、彼の反逆的個人主義が崩壊したのである。父の不在の故に彼の中に根強く存在していた私生児的感覚も解消した。彼は「自分だけままっ子だと感じるどころか、彼は嬉々として共同生活にとびこんだ」。「特権を憎悪していた」彼は、「集団の中にまぎれこみ、みんなと同じくひとつの番号」になり「ゼロから出発して自分の計画を実現することに限りない満足感を味わった」。「彼は友情を獲得し、自分の思想を認めさせ、行動を組織し、クリスマスには収容所全体を動員して、自作の反ナチ的戯曲、『バリオナ』を上演して喝采を博した。仲間同志の友愛の厳しさと温かさとは、彼のアンチーヒューマニズムの矛盾を解きほぐした」。彼はブルジョア的ヒューマニズムに反発していたのであった。「それ以来彼は個人主義と集団を対立させるかわりに、そのふたつを切り離して考えることができなくなった。与えられた状況を主観的に引き受けることによってではなく、その状況を客観的に変化させ、自己の渇望にふさわしい未来を築きあげることによって、自由を実現するのだ」という具合に変わったのである。「この未来は、彼が大切に思っている民主的諸原理から考えても、社会主義であるべきだった」。

「占領下のフランスでは、呼吸するだけですでに弾圧に同意していることになる」と彼女は考えていた。レジスタンスの闘士たち、それからつい昨日まで彼女の友人だった人たちが殺されていった時、彼女は自分の生きていることを「恥じた」のであった。物資は極度に欠乏していたので、寒い冬には彼女は、行きつけのキャッフェーフロールのストーブを求めて仕事をしていた。汽車の動かないところでは、彼女はもっぱら自転車を踏みまくって渡り歩いた。

この間、彼女は処女作『招かれた女』を遂に完成し、新進女流作家としてのデビューに成功する。それは、一九四三年に出版された。同じ年にサルトルも、彼の哲学的大著『存在と無』を刊行している。

ちょうど同じ年に作家たちのレジスタンスの会合C・N・E（国民作家委員会）にサルトルは参加し、この運動を通じて、彼らは多くの作家と知り合いになった。レリス、クノー、カミュ、ジュネなどである。「いっしょにいるということだけで、われわれの団結を知り、われわれの強さが感じられ」た。「私は三五歳だったにもかかわらず、私はこれらの友情に、若い頃のくらくらするような友情の新鮮さを見出したのである」。連合軍の勝利が目前に迫っている中で、友情も花開いたのであり、彼女の作家としての出立があった。

作家・思想家の時代

有名人の孤独

「一九四五年に、私はふたたび軌道にのった」。彼女はもはや「作家、『現代』誌の編集協力者、《最大の女サルトル主義者》」として有名になった。彼女は「食べるための仕事」としての教職を去った。「文筆に専念するため」である。ポルトガル、チュニジア、スイス、オランダなどからも講演に招かれた。「私の生活範囲が次第に世界中に広がっていった」。一九四四年、哲学的エッセイ『ピリュウスとシネアス』が刊行され、一九四五年《レジスタンス小説》といわれた『他人の血』が刊行された。

一方サルトルも『自由への道』の最初の二巻を刊行し、『実存主義はヒューマニズムか』と題する講演を行い、「ものすごい押し合いへし合い」で人が集まった。ちょうど、フランスが解放された時点で、彼らの作品は充実し、《実存主義攻勢》といわれるほどであった。有名になったことは彼らの実力もさることながら〝事物の力〟も有利に作用していた。「列強国の中で二流の位置に落ちたフランスは、輸出向けに、純粋の国産品である高級洋裁（オートクチュール）と文学を宣伝することによって自己防衛しようとしていた」ので「ほんのちょっとした作品も歓声をもって迎えられ、その著者をめぐって鳴物入りの大評判がまき起こるのだった」。

しかし、すべて偶然ばかりではない。時代がちょうど求めていたものと、彼らの思想との間に「いちじるしい一致」があった。戦争が既成の秩序と、既成の信念――たとえば不変の本質があるという確信とか――をすべて崩壊させていた。その中で「人間の尊厳を一方で保ちながら恐怖と不条理に立ち向かうこと、自己の独自性をまもりぬく」という思想は、「理想的な解決を提示」しているように受け止められたのであった。

有名は同時に孤立も生んだ。彼らの現実に対するあくことなき直視は、必ずしも大衆の好むところではなかった。レジスタンス時代に培われた「和気あいあいとした雰囲気」が崩れ、思想界は冷戦の影響のもとに対立を深めていった。「正統派的な連中」はいちはやく、サルトルの『存在と無』の思想の中に《一八世紀の合理主義や一九世紀の実証主義以上に重大な危険思想》を指摘しはじめた。しかし、これはサルトルが「ふり捨てた」階層からの反発であったから、当然であったし、覚悟はできていたのである。

しかし、彼は同時に左翼の側からも受け入れられなかった。彼は社会の未来の希望を社会主義に託していたので、コミュニストとの話し合い、共闘を望んでいた。しかしコミュニストは「知的な話し合いがサルトルとのあいだに成立し得たにもかかわらず、それよりも右翼の罵詈雑言(ばりぞうごん)をそのまま利用して、サルトルを堕落の讃美者、虚無と絶望の哲学者とののしることを好んだのである」と彼女は記している。このようにして、サルトルはコミュニストからは「大衆の敵」とされてしまった。コミュニズムを支持しつつ、批判し続けるという苦悩は、まさにモラリストである彼らの宿命であったのかもしれない。このような苦悩は、彼女の小説『レ・マンダラン』に克明に表現されている。

「ブルジョワたちからは危険人物と見られ、大衆とのつながりを断たれたサルトルは、公衆ではなく読者だけを相手にするほかなかった。この孤立を彼はいさぎよくひきうけた」。

ボーヴォワールの著作

ボーヴォワールの著作はその後次々と発表された。一九四五年『他人の血』(小説)、『ごくつぶし』(戯曲)。四六年『人はすべて死ぬ』(小説)。四七年『両義性のモラル』(エッセイ)。四八年『アメリカその日その日』(エッセイ)、『実存主義と常識』(評論)。四九年『第二の性』(女性論)。五四年『レ・マンダラン』(小説)。五五年『特権』(評論、一部邦訳『現代の反動思想』)。五七年『長き歩み、中国についての評論』(邦訳『中国の発見――長い歩み』)。五八年『娘時代』(自伝)。六〇年『女ざかり』(自伝)。六二年『ジャミラ・プパシャ』。六三年『或る戦後』(自伝)。六四年『おだやかな死』(自伝的小説)。六六年『美しい映像』(小説)。六八年『危機の女』(小説)。七〇年『老い』(評論)。

中でも小説『レ・マンダラン』は、ゴンクール賞が与えられ、小説家としての彼女の地位を決定的なものとした。『第二の性』は、彼女が最も愛している著作である。この本を思い着いた動機として彼女は、「自分について語ろうとしながら、私は女性という条件を描かねばならないことに気がついたのだった」とのべている。彼女自身は、女性の時代的限界をはるかに乗り超えて生きているにもかかわらず、彼女は女性全体の中の一人として生きているという自覚に基づいてこの本を書いたのである。

作家の責任

ボーヴォワールは、作家であるということは、世界に対する責任を荷って生きることであるという姿勢を決して捨てなかった。「いまや私は世界の流れが私自身の人生の構造そのものだ、ということを知っていた」。「共産党や社会主義国との関係については、私はサルトルの変化とともに彼に従った」。

いわゆる雪どけといわれる時期に、コミュニスト知識人との話し合いは実現した。一九五四年ロシアの作家たちは、サルトルをモスクワに招待した。彼らはエレンブルグを始めとする何人かの作家と親交をもった。さらに六二年から六六年まで、彼らは毎年夏の数週間をソヴィエトで過した。しかしやがてソヴィエト当局のしめつけが厳しくなり、ソヴィエト作家に対する弾圧事件が頻発するようになった。六七年彼らはソ連作家同盟大会への出席を拒否した。そして六八年八月のチェコ事件に及んで彼らは「決定的にソ連と袂を分か」った。サルトルはインタヴューで「ソヴィエトを《戦争犯罪人》と呼んだ」。

インドシナ戦争がハノイの勝利に終わったことを喜ぶ間もなく、彼女はアルジェリア戦争の悪夢に悩まされた。しかしこれも六二年に終結し、ほっとする間もなくヴェトナム戦争が始まった。六七年、ストックホルムで、ラッセル法廷が開かれた。ボーヴォワールは、サルトルとともに法廷メンバーの一員となった。バートランド＝ラッセルは名誉会長で、サルトルは執行会長であった。この法廷は、広範な調査と証言をもとにして、「アメリカ軍が禁止された兵器を使用していること、捕虜や非戦闘員を非人道的な、戦時国際法に反するやり方で虐待していること」、並びに村全体の虐殺などの「罪を犯している」ことを宣言した。

彼女は、世界で起こっている事件に関して、あくことのない貪欲な関心をもっていた。必要があればすぐ調査に出向き、じかに情報を得ようとした。必要があればただちに、気軽に大衆とともに行動したのである。これは彼女の人生の本質的な一貫性である。すなわち「知ることと書くことに対する忠実さ」である。彼女は骨の髄まで作家であった。作家として世界とともに生きた。「私の生涯を通じて私にとって最も多くの価値をもったのは同時代人と私の関係――協力、闘争、対話――である」。彼女の自伝は、それ故に彼女個人の生きざまを超えて、彼女の生きた時代の証言でもあるのである。

Ⅱ

ボーヴォワールの思想

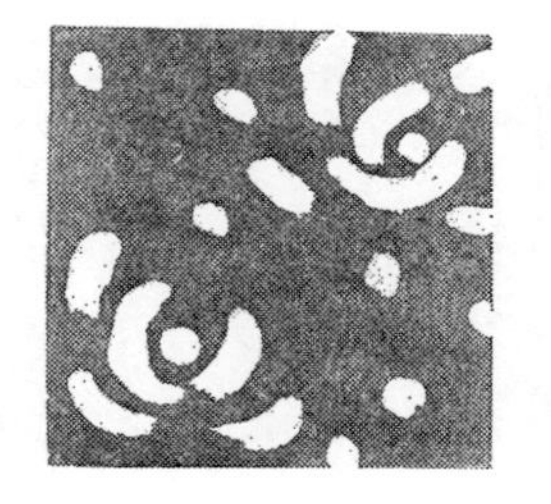

思想の特徴

余計者の立場

ボーヴォワールの思想は、彼女の生涯と特に密接に結びついている。彼女が女性であったことと特に不可分である。そしてその思想はサルトルとともに形成されたものでもある。

私生児とは、その存在が半ば肯定され、半ば否定されている存在である。つまり私生児とは、その集団の中で正規の存在権をもっていない。ある場合は偽善的に大切にされる。これはちょうど、女性がうわべだけレディとして扱われるのに似ている。また私生児の存在は常に条件づきでもある。普通の子供の存在は無条件に肯定されるが、私生児の場合は良い子の場合だけ存在を肯定される。つまり彼を保護する人の気にいるように、良い子の演技をしなければならない。これはちょうど、女性が常に保護者の意向を気にして生きねばならないのに似ている。社会の真中で天真爛漫に自己を主張することができず、片隅でつつましく、気を遣いながら生きる存在、これが女や私生児の立場である。

サルトルは、二歳の時父を失い、母子ともに実家の居候であった。母は女中の役をつとめ、サルトルは常に良い子、模範的孫息子の役を演じて成長した。ボーヴォワールは恵まれた幼年時代を送ったが、女性としての生き方について両親や、出身階層の意見と対立し、村八分的な待遇を受けて成長した。サルトルもボーヴォワールも、ともに家族という人間関係の中に「現実感」をもち得ず、実際にその中で生活しながら、「余計者」として一つの「浮泳」する存在だった。この「余計者」という、うさんくさい存在は後にサルトルによって「他者」という言葉で概念化されるのである。「他者」という言葉は、あらゆる疎外された人間に、権利を剝奪された人間に使用されるようになる。

「人間はみずから造るところのもの」

余計者の立場からみると、自分の存在は社会全体から無価値という烙印を押されていることになる。その場合、余計者は大人しく引きさがり、惨めなまま片隅で暮らすか、それとも自殺するか、やけくそになるか、または抽象的な神を求めるか、対処の仕方はいろいろある。しかし、ボーヴォワールはこのいずれをもとらなかった。彼女は孤立無援で頑張る立場をとった。彼女の気質は激しく、強情であった。彼女は三歳半の頃、気に入らないとよく男の子がやるように「泣き叫びながらセメントのたたきの上にころがっ」たり、長い街並みを「ずっと泣き叫びながら歩」いたりして、その結果「虐待されている子供」と誤解されるほど元気のよい女の子だったのである。

彼女は、彼女を無価値とみなす社会の方に無価値のレッテルを貼り、自由な人間であろうとする彼女個人の方に、つまり個人の主体の方に価値があるという立場をとったのである。彼女は親友ザ

母と妹（左）とともに

ザのように死にはしなかった。

価値とは、自由をめざして努力する個人の主体にのみ存する。それ以外のすべての外からの価値づけは無効である。つまり「もろもろの価値を世界に出現せしめるのは人間的実存」である。「人間にとって問題なのは、神の眼に正しいことではなく、自分自身の眼に正しいことである」「自分自身の外に、自分の実存の保証をさがしもとめるのを断念することによって、人間は自分の行くてに事物のごとく立ちはだかる無条件的な価値を信ずることをも拒否するであろう」（『両義性のモラル』）。

これによって、自分以外のあらゆるもの、国家、地域集団、会社、家族などの集団の外、観念的全体者＝神もまた価値を付与するものではなくなる。このように一切の価値の根源を、人間を超えた客観的な全体性からではなくて、人間の主体そのものに求めるのが、彼女の思想の出発点である。したがって、個々の人間にさきだって、人間性という人間の本質があるという考えも否定される。サルトルは、『実存主義はヒューマニズムか』という講演の中で明快にのべている。「人間は最初は何者でもない」。「人間は後になってはじめて人間になるのであり、人間はみずからが造ったないからである」。「人間はみずから造るところのもの以外の何者でもない」。

ところのものになるのである。このように人間の本性は存在しない。その本性を考える神が存在し

「くそ真面目な人間」の否定

ボーヴォワールと反対の人達を彼女はその著『両義性のモラル』の中で一括して「くそ真面目な人間」と呼んでいる。彼らは、価値の根源を自己自身の外に――既成の価値の中に求めようとする。そうすることによって、自己の主体性を荷い、自己自身によってなされる価値判断の危険と挫折の責任を逃れようとする。「くそ真面目な人間は、本質的なものとみなされる対象のまえで、自己を非本質的なものとして立てる。くそ真面目な人間は、科学、哲学、革命などという《主義》の形であらわれる《事物》、尊敬によって神聖化される《事実》の利益のために、自己を放棄する」。つまり彼は、自分より、より本質だと考えられる偶像を必要とする。その偶像こそが、自分の生きる目標、生きる価値であり、自分の存在根拠であらねばならない。自分自身を、その偶像に向かって自己放棄すること、これが「くそ真面目な人間」の生きざまである。彼らは自分自身をもつこと、自分を自己目的とすることに罪悪を感ずる。「くそ真面目な人間にとって重要なものは自分自身に対してより以上に愛着をよせる対象が、どんな性質のものかということではない。重要なことは、自己を対象のうちに失うことができるという事実である」。

彼らは何らかの形での神を必要とする。しかしこれはボーヴォワールにいわせると、自分の生き

る意味を自分の力で発見しなければならない苦労の回避に外ならない。自分の自由について責任をもつという、孤独と不安の回避である。これは人間の根強い弱点である。自由という「不安を避けるために、ひとは対象そのもののうちに逃亡し、自分自身の現存を対象のうちにのみこませる」のである。どんな時代でも、人間は不安を避け、安全を求めたがる。たしかに現代は「神なき時代」といわれている。しかし、人間の不安につけこむいろいろな神が手をかえ、品をかえあらわれている。安全のイメージをもつ商品がよく売れる。大企業、高学歴も一つの安全のイメージをもつ神である。全体主義者、ファシストにとっても「くそ真面目な」精神は格好の餌食である。自由とはいいかえるとこの「くそ真面目な」精神との闘いである。

このような人間の弱点の原因を、ボーヴォワールは「人間がかつて子供であったという事実」に求めている。なぜなら子供から大人になるということは、一つの価値判断力をもった人間として既成の価値に立ち向かうことであるから。自由な人間とは、価値判断の責任を回避しない人間のことなのである。

自己欺瞞の拒否　もし不幸にも、自分が社会から「他者」＝被圧迫者にされた場合、責任は誰にあるのか。被圧迫者とは二重に疎外された人間である。第一に共同体から疎外され、第二に自分自身から、つまり外部から要求される贋(にせ)の仮面の中に疎外されている。したがって被圧迫者が自由になるためには、単に圧迫をはねのけ、正規の地位を獲得するだけでは不十分である。圧迫された結果蒙った自己疎外からも自己を解放しなければならない。

通常、被圧迫者は、加害者にすべての責任を課するものであるが、圧迫の結果、惨めな人間になった自分にも責任を求めるのがボーヴォワールの思想の特徴である。つまり、一人の人間が偶然悪い時代、悪い社会、悪い家庭に生まれ、悪い人間になったとする。この場合、彼は悪い人間になったということによって共犯者なのであり、彼は自分の悪いということに関して責任があるとされる。また偶然、私生児に生まれたということは全く本人の意志の外での出来事であり、直接本人の責任ではない。しかし、私生児性という心理的運命を荷うのは本人であり、彼は自己の私生児性という運命を責任をもって引き受けねばならない。もし彼が私生児という運命故に詐欺師になったとしても、彼は運命の共犯者としての責任がある。また女性が、女性の置かれた屈辱的地位の故に、卑屈な人間となったとしても、女性はその卑屈さに対して責任があるとするのがボーヴォワールの立場である。女性に生まれたということは本人の責任ではない。にもかかわらず、女性は、女性故に蒙った女性特有の疎外状況の共犯者なのである。「誰がこんな女にしたのか」という他に責任を押しつける論理はボーヴォワールにあっては許されないのである。

この主体的責任を追及する論理は、つきつめると、命令されて行った悪も本人が責任をもたねばならないかというところまで行きつく。たとえば軍隊で上官の命令故に行った残虐行為、拷問などの行為はどう考えるべきか。これもまた、上官の命令に従うか、それとも良心の命令に従い、自分の生命の死を選ぶかという二つの選択しか許されない極限状態での〝人間性〟に対する問いなのである。またもし自分に拷問が加えられた場合仲間を売るか、それとも自分の命を捨てるかという選択に迫られた場合の問いである。ボーヴォワールの言葉を借りると、「生きる」ことを選ぶか、それとも「生きる理由」を選ぶかということになる。ボーヴォワールの小説『他人の血』の中の女主人公エレーヌは、この「生きる理由」を選んだ故に死んでいくのである。サルトルの戯曲『アルトナの幽閉者』もまた上官の命令故に拷問を行ったという罪の自責のため、みずからを幽閉するという召集兵の物語である。

第二次大戦が終わって三十余年の比較的平和な年月を経た今日、このような極限状態は多くの人の脳裡からは遠ざかってはいる。しかし、サルトルは『アルトナの幽閉者』を、実はアルジェリア戦争の中で、命令のため拷問を行わざるをえなかった召集兵の苦悩にこたえるために書いたのである。これらの召集兵はフランスに帰っても、自分の行った行為の衝撃によって、何も語らない「沈黙の帰還兵」となっていたのであった。

現代は必ずしもこのような極限状況ではない。極限状況とは、自由や人間性が自殺によってしか、かちとれない状況をいうのである。現代もたしかに女性は被圧迫者である。しかし、女性がより自由になりうる条件が増大し、自由が死を代償とする必要がなくなった今日でも、女性が何ら自由を求めず「隷属と無知」または、男性への依存の状態に甘んじているとき、ボーヴォワールにいわせると彼女たちは「その状況を選ぶのであり、少なくともそれに同意しているのである」。これは「自由の使命放棄」である。これは「自己欺瞞を含み、積極的な過失であるような使命放棄」

(『両義性のモラル』)であるとされる。

たとえ、偶然の、自分以外の他の原因によって、自分の人間性が剝奪され、傷つけられたとしても、この自分の傷ついた人間性に関して責任を負うべきだというのが彼らの立場なのである。圧迫者が消滅しても、傷つき、ゆがめられた自己というものは残る。「他者性」というゆがみから「自己性」を取り戻す主体者は、自己を措いてほかに誰もいない。それ故に、たとえ自分が被害者であっても、「自己性」を荷う唯一の主体者として、人間は自己自身に対して責任をもたねばならない。

この点において、サルトルとボーヴォワールは、フランスのモラリストの伝統を間違いなくうけついでいるということができる。彼らが最も嫌い、避け、注意深く取り除いていったものは「自己欺瞞」ということであった。自分自身についての嘘をあくことなく取り除いていくということ、これがモラリストの態度である。このあくことなき自己自身であろうとする誠実さは、無意識の分野にまで及ばねばならない。ボーヴォワールはのべている。「私たちはあらゆる角度からそれ——言葉のごまかし、記憶の錯誤、逃避、代償、昇華——を取り除こうと努めた」。

彼らのモラリストとしての姿勢は、あのような極限状況の中でも、貫き通されたというべきだろう。彼らは、その自己自身に忠実であるという一点に関して、たとえ時代が移り変わっても、われわれが永遠に学びうる精神のもち主なのである。

サルトルとボーヴォワールは、権力に対する絶対の憎悪をもっていた。いかめしい肩書きのついた彼らの姿を想像することはできない。サルトルはノーベル賞も辞退した。有名になったことは一つの偶然にすぎない。有名にならなかったなら多分一介の平凡な教師として過ごし、何がしかの世に知られない著作を残しただろう。

ボーヴォワールは、あらゆる欺瞞に対して闘った。彼女もサルトルと同様に全く権力欲をもっていなかった。どんな革命も、それが達成されるや否や、硬直した権力組織となることによって彼女を失望させていった。ソ連も、アルジェリアも、多分ヴェトナムもそうであろう。

永遠の野党精神

彼女は思想の欺瞞をも告発した。彼女は「あらゆる体系は、ひとつのおおがかりな欺瞞のように思われる」とのべている。全体への願望をもつ人間がつくりだす体系の欺瞞を彼女は感じとったのである。閉じられた体系は、現実と一致しないというのが彼女の意見である。いわゆる世間の正統派と永遠に闘うということが彼女の姿勢の根本にあるように思われる。これは、彼女やサルトルの気質にも由来するように思われる。彼らは「芸術家、作家、哲学者」などの「孤独な人間」の立場から常に現実を把握しようと試みる人たちである。それは権力から遠ざけられた追放者であるかもしれない。しかし追放者故に、特権と無縁であり、組織の欺瞞と無縁である。「孤独な人間」は、追放者故の醒めたまなざしをもっている。これが、彼らの真に信頼に値いする野党精神の根拠なのである。

「真の他人」を求めて

孤独な個人にとって、最もむずかしい問題は、自由な個人が相互に他の自由を認めるかどうかという問題である。ボーヴォワールにあっては個別者をこの上に浮かばせるようなヘーゲル的な全体者というものもなければ、またカント的な人間性一般というような、個々の人間を貫徹する共通項というようなものも存在しない。彼女にあっては、「人間の和睦（わぼく）が実現されるようなどんな天空もない」のである。あるのは、個々の人間のみであり、「いくつかの自由性」だけである。それぞれが「バラバラに切り離されて、対立している個人にわれわれは用事がある」と彼女はいう。したがって、たとえ自由な人間同士が、より多く集まっても、そこに意見や、価値観の対立こそあれ、彼らの間に自由と自由の交流が生ずるという保証は全くないのである。彼女にあっては、父なる神も存在しなければ、また一八世紀的、楽天的な理性への信頼も存在しない。バラバラに切り離されて、どんな共通の価値観ももたない——ある意味では無政府的な——個々人の世界だけが存在している。

彼女にあっては、集団という神も国家という神もなければ、理性という神もまた革命という神も存在しない。同時に、日本人ならば容易に信じているような血のつながりという人間の絆も信じていない。彼女は個々の人間を超越するようなどんな集団に対する理性的な夢も信じない。同時に血縁というようなより本能的な夢も信じない。したがって、彼女の肯定する唯一の人間と人間とのつながりは、個人の自由意志によって生じたつながりのみである。彼女は語っている。「私はこれまでも常に、宿命的な人間関係よりも自分で選び取る関係の方を好みました。もちろん、時には、状況によって与えられたと同時に自分で選んだ関係もあります。たとえばエレーヌは私の妹で、私たちは姉妹であるから結ばれていますが、それと同時に私は彼女を選びとり、彼女も私を選びとったのです。でも、そういう場合はきわめて稀です。繰り返しますが、私は子供がないのを残念に思ったことは一度もありません。私は友情の方がずっと好きです。ええ、自分で選んだ絆の方が、出産によって私に課されたであろうようなものよりもはるかに好きです」。

ボーヴォワールの生涯にとって、最も重要なものは、サルトルとの関係を始めとする個人と個人との絆なのである。彼女にとって重要なのは具体的な個人と個人とのかかわり合いである。彼女は、バラバラの個人がうごめいている世界の中で、個人と個人が、真にかかわり合うことの意味と、その条件を追求しているのである。

たとえばボーヴォワールにとって、自分を存在させるための行動は〝書く〟ということであった。〝書く〟ということが、彼女の個性にとって、最も本質的な行為だったということができよう。彼女は『第二の性』を書くことによって、多くの女性に対して呼びかけることができたし、また彼女の『自伝』を書くことによって、多くの人々に対して、〝生き方〟について考えさせることに成功した。同時に、彼女はフランスの大部分の男性たちから非難された。しかし、彼女はサルトルを始めとするごく少数の人々の同意だけで満足したのであった。彼女はのべている。「もしも私が絶対的な愛情で一人の男を愛するとすれば、彼の同意だけで私は十分です」。「私の人生の最大の成功はサルトルであった」と。

　女性であるボーヴォワールは、人と人との絆について確実にその手で握ることのできるもの以外信じない。そして彼女はその絆を得ることに成功したのであった。一般にどちらかというと男性は組織を信じ、国家論を哲学のテーマとする。しかし、ボーヴォワールは執拗に、〝真の他人〟とは何かという個人と個人の関係を追求している。そこに女性思想家の個性をみることができよう。

自由論

ボーヴォワールには哲学的エッセイとして『ピリュウスとシネアス』、『両義性のモラル』がある。ここに彼女の自由論、他人論が要約されている。自由論は主として『ピリュウスとシネアス』の中で論じられている。

世界とわれわれとの関係　ボーヴォワールにとって人間とは、まず第一に「自発性」＝能動性としてとらえられる。これに対し、物は無気力な存在として、意味もなくそれぞれ孤立して存在しているものである。もし人間が、カミュの『異邦人』のように、まわりの世界に対して、何の関心も愛着もなく、自分に閉じこもっているならば、人間と世界との間、人間と他の人間との間にはいかなる「つながり」も生じない。世界は無意味であり、自分は事物や、他の人間と何のつながりもなく、ただ「異邦人」として存在しているにすぎない。世界が意味をもってくるのは、人間の自発的行為＝「投企」によるかかわりを通じてである。「一つの客体が私に属するためには、それが私によって打ち建てられたものである必要がある。つまり、私がその客体を、その全面性において打ち建てた場合にのみ、その物は全面的に私のものなのである。完全に私に属している唯一

カミユ

の現実というのは、とりもなおさず、私の行為である」。「私のものであるもの、それは私の計画の完遂である」。行為といっても、肉体の自然法則に命じられるまま、食べたり飲んだり眠ったりという行為を意味しているのではない。人間がそれを意欲し、計画して行う行為＝投企だけが「自発性」の内容である。この自発的投企の対象となった事物のみが人間にとって意味をもつ。「すなわち、空は、飛ぶことの出来る人のものであり、海は、泳ぎ、航行することの出来る人のもの」である。ただ無関心に眺めるだけの空や山と、実際にその中を飛んだり、登ったりする山とでは、おのずから人間にとっての意味も異なってくる。「このように世界とわれわれとの関係は、初めから決定されているのではない。それを決定するのはわれわれである」と彼女はのべているが、われわれの「自発性」、つまりわれわれがどのように意欲し、どのような能力をもって、どのようにかかわるかによって対象の意味合いは常に変わってくるのである。

このような関係は、人間と事物の関係にとどまらず、人間と人間の関係についても同様なのである。人間と人間との絆もまた、この「自発性」＝能動的行為によってのみ創られる。つまり「私を他人に結びつける絆を、私は自分一人で創ることができる。私は一つの物ではなく、私から他人に向かう一つの計画であり、超越性であるという事実から、他人に向かう一つの計画であり、超越性であるという事実から、私はこの絆を創るのである」。「人は一つの行為によって自分を他人の隣人にするといった塩梅(あんばい)に、他人から隣人を作るわけなのである」。

しかも、この関係はただ一度の働きかけによって固定されるものではない。一つの働きかけが終わると、それはたちまち過去のものとして凝固してしまい、一つの客体として自分のものでなくなってしまう。逆に過去において自分と何のかかわりのなかったものでも、自分との新たなかかわり合いによって自分のものにできる。自分とものとの関係は、このように固定されたものではなく、「一瞬一瞬に創造」される。「ある関係は死に、ある関係は生まれ、また他の関係は復活」する。

このように世界が自分にとってもつ意味は、自己の自発性──「希望し、愛し、欲望し、行動する」──によって決定される。「この宇宙の断片が私に属するためには、ただ、私が実際にそれを耕しさえすればいいのである」。

このような、ボーヴォワールの考え方は、人間の主観的能動性を著しく重視する。彼女自身、この考え方こそが「実存主義的存在論が弁証法的唯物論に対立する主要点」だとのべている。つまり「状況の意味は、受動的な主観の意識におしつけられるものではなく、自由な主体がその企てにおいて行う開示によって初めてあらわれる」のである。たとえば同じ敗戦ということを味わうにしても、敗戦を感ずる度合いは、いままで自分がその闘いに「参加」していた度合いで決まる。同じ敗戦国に住んでいても「食べることと眠ること以外に何ひとつせず生きてきた人間は、異変に際しても、そこに習慣の変化しかみない」。たとえば、国家の出来事に無関心な人にとっては、国家の大事件も単なる食料や物資の過不足の変化にしか感じられない。

人間の両義性

このようにボーヴォワールにあっては、投企というきわめて人間的な行為のみが、人間の生きる意味の根源であり、この行為によって初めて、世界のもつ意味も開示されてくるのである。では、人間のこの投企と超越という行為はどのような構造をもっているのだろうか。人間はなぜ投企しなければならないのだろうか。

ボーヴォワールは人間という存在を〝両義性〟としてとらえる。両義性とは一つの矛盾に貫かれた両面によって成り立つ、二重性とでもいうべきものである。つまり人間とは、至高の存在であると同時に、投げだされた事物的存在でもある。「理性的動物」とかパスカルの「考える葦」という言葉そのものが、人間そのものの矛盾的、パラドックス的存在を指し示している。個人は一方では「もろもろの客体の世界のただなかにおいて至高で唯一の主体」であり、「いっさいの行動がそれに従わなければならない最高目的」でありながら、他方では「もろもろの事物の得体の知れない重みに押しつぶされるひとつの事物」であり、また他人からみれば「行動上の必要」からの「道具」または「邪魔物」であり、現代の巨大な集団からみると「虫けらよりももっと無意味」な生き物である。ボーヴォワールは、このような「あらゆる人間の無意味と至高の重要性」というパラドックス的真理を「人間的条件の悲劇的両義性」とみなすのである。

ボーヴォワールの人間論は、この「根本的両義性」をひきうけることの上に成り立っている。ボーヴォワールは、この人間の一方の極、投げだされた事物的存在＝物としての人間の側面を即自存在と名づけている。それに対してもう一方の極、この物としての存在から超越し、自由を志向する意識の方を対自と名づけている。人間とは、「対自と即自の総合を実現して、みずから神たらしめようと空しく試みる」存在である。「空しく」ということは、彼女の哲学にあっては、この試みは永遠に成功しないということを意味している。ボーヴォワールは、その著『老い』の中でこのことにふれている。彼女は「あらゆる成功が含みもつ挫折」について説明している。世の中には外見的には成功した人生というものが存在している。しかし実際には「夢見られた夢と、実現した夢との間には無限の距離がある」。このずれをボーヴォワールは「挫折」と呼ぶ。これをよくいい表す言葉として彼女は次のようなマラルメの詩をあげている。「……夢の収穫(とりいれ)が、夢を摘み取った人の心に、たとえ悔(くやみ)や幻滅がなくとも、残す悲哀の芳香」。

彼女は自伝『或る戦後』の中で、このずれを「約束は成就された」と書き、同時に「私はくすねられた〔だまし盗られた〕」と書くことによって表現している。「現在は、たとえ私の期待と完全に一致したとしても、私が期待していたもの、すなわち、実存〔対自〕が空しく志向する存在の十全性を私にもたらすことはできないのだ。対自は存在しないのである」。

動物にあっては、そもそも即自存在のみで生きているのであるから、この葛藤は存在しない。また神というような、はじめから「一挙に自己自身とぴったり一致し、完全な充実」であるような存在にとっては、葛藤も、挫折もありえない。人間は一つの両義的存在であるからこそ、葛藤があり挫折がある。「道徳意識は、自然と道徳性のあいだに不一致がある限りにおいて」存続する。単に自然法則に従って生きることは動物的生という事物の法則に埋没して生きることにすぎない。人間の自由とは、この即自としての存在から超越すること、この即自の存在を一つの「存在欠如」となす意識の力があってはじめて可能なのである。ボーヴォワールは、自由な人間を次のように定義づけている。「自分の存在において自分を問題とするひとつの存在、自己自身からへだたっていて、自己の存在で存在であらねばならないようなひとつの存在」とのべている。人間とはこの「あらねばならぬ」ということのために、永遠に試み、努力する存在なのである。

身をもって体現する両義性

人間が自由を選ぶということは、この空しい努力をひきうけることなのである。サルトルはこれを「無益な受難」といっているのであるが、ボーヴォワールはこれを不幸の意味にとっていない。彼女は「不可能な所有をめざすこの努力そのものに私は満足する。私はこの努力を敗北でなく、勝利と感じる。いいかえれば、神であるための空しい試みにおいて、人間は自分を人間として実存せしめるとしてもしこの実存に満足するならば、人間は自分と全く一致する」とのべ、また「人間の受難は人間に外部から課せられるのではない。人間が受難を選ぶのであり、受難は人間存在そのもの」であるとのべている。

したがってボーヴォワールの考え方によると、人間の自由とは、この「受難」という言葉で表現されるような「緊張そのものを欲する」ことなのである。人間が実存するということは、この絶え間のない緊張の中に身をおくということである。ボーヴォワールは、この絶え間のない緊張との闘いを愛する故に、彼女にとって「受難」はむしろ勝利である。彼女にとっては不断の努力こそが幸福なのである。
「存在欠如」とか「挫折」という言葉は、一見ペシミスティックなイメージを与えるけれども、ボーヴォワールにあっては、この言葉も、実は肯定の意味をもっている。彼女はヘーゲルの「否定の否定」をもちだしてのべている。「ヘーゲル流の言葉でいえば、そこにあるのは、それによって肯定が回復される否定の否定であるといえるだろう。つまり、人間はみずからを欠如たらしめるが、欠如としての欠如を否定して、積極的な実存として自己を肯定することができる。……存在への努力としてのかぎりで断罪された行動が、実存の開示としてのかぎりで自分の有効性をとりもどす」と。しかし、この際「挫折」とか「欠如」はヘーゲル流に「止揚」されて、「抽象的な契機として保持される」のではなく、「実存そのものの積極的肯定のうちでも依然として否定性のままとどまる」、つまり「挫折は止揚されるのでなく身にひきうけられる」。人間は、「挫折」と「欠如態」であるがままに、それをひきうけること、それが彼女のいう自由なのである。「両義性」を否定するのではなく、またヘーゲル流に「止揚」するのでなく、それを「身をもって体現すること」が彼女のいう自由の内容であり、彼女は、この逆説的な肯定のことを、「一種の転回」と規定している。

絶え間のない超越

ボーヴォワールみずからが認めているように、サルトルの『存在と無』にあっては、「人間的なアヴァンチュールの欠如面をとくに強調したことはたしか」である。しかし、この同じ自由論が、ボーヴォワールの手にかかると著しく楽天的な色彩を帯びてくるのである。「投企」と「超越」は、ボーヴォワールがいつも山を眺めて、それをやがては踏破してしまうという、いつもながらの彼女の楽しみを想い越させるのである。「超越」という言葉は、意識が自分の外にでて、自分自身を「存在欠如態」となす意味であるが、それは彼女の説明を借りると次のようなものとなる。「≪人間は遠方の存在である≫と、ハイデッガーはいっている。人間はいつも他所にいるのである。≪これが私だ≫と、人間が安心していい得るような、そんな特権的な地点など、世界のどこにも存在していない。人間は自分自身より別のものの方に向けられて出来ている。自分と別のものとの関係によってしか自分ではない」。たとえ現在、寝ころがっていようと、これから登ろうとする山を窓ごしに眺めている人は、超越性なのである。「どんな考え、どんなまなざし、どんな意向も、超越性である」。「彼は自分の眺望するあの山々に現存している。彼はまた遠い町々に、不在者として存在している」。

人間の自由とは、人間が対象に向かって絶え間なく計画をたて、それに向かって投企し、絶え間なく現在の自分を追い越して行くことなのである。「静止」とは、この絶え間ない追い越しという行動性の反対物であるから、自由でないものとされる。なぜならボーヴォワールにあっては、幸福とか「享楽」すらこの絶え間のない追い越しという自由の行動の上にしかありえないからである。「享楽が存在するのは、私が自分自身から抜け出る時であり、そして、私の享楽する客体を介して、私が世界の中に自分の存在を参加させる時にのみ限られている。……もし人が自分のうちに静止して、世界をのがれようと欲するならば、しぜん、享楽をさえ棄てねばならない」。したがって、ボーヴォワールにあっては、「動揺している快楽を軽蔑し」、「静止している快楽、純然たる寂静(アタラクシア)」を求めたエピキュリアンの幸福論もうけ入れがたいものである。まして「賢者たるものは自分の肉体をさえ棄てるべきだと主張したストイシャン」にいたってはなおさらである。またボーヴォワールは恋人たちにしたところで、「自分たちの恋の唯中に永遠に居すわっていることを望む」と「ほどなく双方が絶望的に退屈して」くるものだとのべている。人間が超越性である限り、静止した永遠の幸福などというものはありえないということなのである。通常、われわれ人間は、あくせく働くことから逃れ、またわれわれをつき動かす情熱から解放されることを願うあまり、天国とは永遠の静かさであるように思いがちである。しかし、ボーヴォワールはこれこそ幸福の反対物であると断言するのである。「動かない楽園はわれわれに永遠の退屈しか約束しない」と。あくまで活動性こそが幸福の形態なのであり、静止は生命の収縮なのである。静止して、投企をやめた人間は、「生命が収縮」し、「無関心の不安」だけが残る。投企をやめた人間にとって、世界は無意味なものとなる。「世界の開示を欲するということと、自己が自由であると欲することとは、同じ一つの動きである。自由はすべての意味とすべての価値の源泉である」(『両義性のモラル』)。投企をやめた人間にとって、世界は何の感動も、喜びも与えない。それはちょうど、神経衰弱にかかった人間が世界を見る態度に似てくる。「花は、摘んで、匂いをかぐためのものでもなく、道路は跋渉(ばっしょう)するための もの」でなくなり、ただ「花はペンキを塗った金属に見え、風景はもはや、舞台装飾」でしかなくなってしまう。

しかし、人間が企てた投企という行動は、一度目的が達せられると、そこで一つ終わってしまう。たとえば、一つの恋愛が、ひとたび達せられてしまうと、たちまちそれは「退屈」に転化してしまう。つまり、一つの投企が成し遂げられ、「人間の充実性が達せられるや、たちまち、それは過去の中に顚落(てんらく)」してしまうのである。それは、もはや自由ではなくして自由の「化石」にすぎない。過去において目的であったものは、ここでは単に、再び追い越される「事物」にすぎなくなってしまう。「目的というのは、それは常に努力の方向であり、帰着点」である。「しかし、彼はその目的に立ちどまるために欲するのではなくて、それを楽しむために欲するのである。つまり、その目的が追い越されるために、彼はその目的を欲するのである」。「一つの恋愛を生きることは、その恋愛を横ぎって、新しい目的――家庭、仕事、共通の未来――に向かって身を投げることである。人間が企てである以上、人間の幸福は、人間の快楽と同様企てでしかあり得ない。幸福をつかまえた人間は、すぐまた別の幸運をつかまえようと考える。これはパスカルがいみじくもいったことであるが、猟師に興味のあるのは兎ではなくて、狩猟である」。このように絶対的で窮極的な目的というのは存在しない。どんな計画も、目的もそれが追い越されうるという点で常に相対的である。目的に向かって投企する行動そのものが、人間的自由の具体的内容なのであり、すなわち「ユマニテ」なのである。

超越的目的の否定

このようにボーヴォワールにあって、人間の投企の目標は、あくまでも地上的なものである。彼女にあっては人間性の範囲を越え出た、超越的なものは何の意味ももちえない。人間にとって「人間以前に、人間なしで世界に存在している」価値などというものはありえない。投企の目標は、その時その時の自分の主体的判断によって選ばれるものでなければならない。つまり、その目標は、自分の自由によって内面的に決められねばならない。前にのべた「くそ真面目な人間」は、外から与えられた価値を無批判に奉ずる人であるから、この人たちにあっては、自分の投企ということと、目標――外から与えられている――との間がつながりえない。この人たちにあって、価値は常に外から、受動的に与えられるが故に、常に絶対的なものとなってしまっている。つまり彼らは「計画から目標を切り離し、目的にはそれ自体の価値を認めよう」としているわけである。

ボーヴォワールは、無神論者であるから、人間の行動の理由づけに「神がそれを欲する」という答えを許さない。人間が生きることは、神の絶対的目的に奉仕するためであるというような考え方をことごとく拒否するのである。「神の意志を意志すること、この紋切型の決心だけでは、人間にどんな行為を課するにも十分ではない。神は、信者が不信心者を虐殺したり、異教徒を焼き殺したり、あるいは、異教徒の信仰を許したりすることを欲しているであろうか?」。その行為を命ずる声が果たして神の声なのか、どうしてそれを証明することができるだろうか。神の声ではなくて悪魔の声であるかもしれないし、まだ自分の利害の声かもしれない。神がたとえ存在するにしても神の声が確実に人間に伝達されるなどという保証は全く存在しないというのである。

ボーヴォワールによると、そもそも「人間は、神によって己れを解明することはでき」ない。神こそ人間によって解明されるべきである。「秩序を神の摂理に合致したもの」と広言する人がいるが、彼女によると秩序こそ人間が創りだしたものであって、神はその秩序によって創りだされたものに外ならない。「ブルジョワの秩序があり、社会主義者の秩序があり、民主主義者の秩序があり、国粋主義者の秩序がある。いずれも、その反対者の目には無秩序である。何時もながら、どんな社会とて、その社会とともに神をもっていることを主張する。つまり、どんな社会も、己れに形どって神を創りなおすわけである。喋るのはその社会であって、神ではないのである」。

ボーヴォワールにあって、人間の投企の目的は常に人間の内面性の側に求められる。個人の外に、個人を超えたどんな目的も、自由の内容を形づくらない。祖国のためとか、愛する者のためとかいう目的も、自己の内的自由を介さない限り、自由の内容とはならない。前の「くそ真面目」のところでのべたように、外から与えられた目的の奴隷となることは、ボーヴォワールにあっては常に自由の死なのである。つまり、それこそが「くそ真面目」なのであって、「絶対的であると思いなされる諸目的のために自由が自己を否認する」ことであり、「自己を対象のうちに失う」ということなのである。

自由な行動が自己目的

ボーヴォワールにとって、自由の目標は、常に人間そのものの中にある。人間が自己自身を各瞬間ごとに存在させようとすること——それが人間の自由の意味である。自由の意味はあくまでも自由そのものの中に見出されるものであって、天空の奥にいるかいないかわからない神に由来するものではない。彼女は「天空の奥に神がいるか、いないかは、なんら人間に関係ない」とのべ、そして「初め、われわれが天空に求めていたあの絶対的な目的を、われわれは人間(ユマニテ)そのものの中に見出すことが出来るのではなかろうか」と提案する。ユマニテ＝人間性とは、超越的にある神聖なものではなくて、「肉と骨とから成る人間でできて」いる。それは「決して完全なものではなく、絶えず未来の方へ方へと身を投げ」るものである。ユマニテは、それ自身の「絶えざる追い越し」である。われわれの追い越しというものは決して完成することはない。しかし追い越しの瞬間ごとにわれわれはユマニテを「完全に把握」することができる。つまり、ユマニテは「瞬間ごとに」「存在している」のである。

ボーヴォワールにあっては、ユマニテとして価値あるものは、あくまで「現在」行われている自由な行動である。もしこの現在の自由が、遠い将来の不確かな価値のために犠牲にされることこそ、彼女にとって許されないことなのである。彼女が反対するのは次のような考え方なのである。「もし抑圧を通じて、世界が世界として自己を実現しうるならば、現在の抑圧は、たいしたことではない」、とか、「現在の一党独裁、その欺瞞、その暴力は、もしそれを通じて社会主義国家が実現されるならばたいしたことではない。その暁には、恣意(しい)や犯罪は、地球の表面から永久に姿を消すことであろう」とかいう考え方である。彼女はこのようにして現在の自由を「のみこむ」神話のことを「事物―将来」と名づけている。たとえ、将来であれこのように事物化した価値の中に自己を埋没させる人を彼女は「くそ真面目な人」と呼んでいるのである。

それ故、どんな理想的な将来――たとえば完成した社会主義国家――であっても、それは、現在の行為の理由づけとはならない。彼女にとっては、自分の自由な行為の影響をうける範囲の将来のみが自分の将来である。しかしその影響力のとどかない将来とは、何ら自分の将来ではない。そのようにわれわれと何の縁もゆかりもない将来とは、単なる死んだ未来であって「何ものも開示されない」。「それは、今日のもろもろの過失や敗北を消し去るが、こんにちのもろもろの勝利をも消し去る。それは、天国でありうると同様に、混沌もしくは死でありうる。……人間が自己の救いの配慮を托すべきは、この不確かで、見知らぬ将来ではない」(『両義性のモラル』)。彼女にとって、意味のある将来とは、「予見されない将来」ではなくて、現在の投企の射程内にある将来のことである。「八〇歳の老人が家を建て、木を植え」るのは、彼は死という「予見されない未来」(同右)に拘束されていないからである。

人間の自由の価値とは、このように「瞬間ごとに」「自分を存在させよう」とする「努力」の中にある。人間が「計画し」、「投企」するという行動そのものの中にある。この自由な行動そのものが人間を「存在」させる当のものである。人間は自分以外の何か絶対的なもの「のために」行動しているのではない。自由な行動そのものが自己目的なのである。これを彼女は「絶対的に無償なもの」

と呼ぶのである。つまり「存在しているということは無償なのである。人は無のために存在しているのである」。自由は他のいかなるものの手段となるものでなく、自由そのもののためにある。

このように自由な人間とは、生きる価値をその時々に応じて、その時々の「有限」な未来の中に発見していくことができる人間である。たとえ、生きるために残された時間がわずかしかない人間でも、自分のなしうる自由を発見していくということが、自由の創造なのである。だから自由な人間は、「くそ真面目」人間が、その信奉する価値の偶像を失った時の失意と狼狽（ろうばい）を免れることができるのである。たとえ現在の若さが失われても、彼は新たな投企の対象を発見していくであろうし、またたとえ大学の受験に失敗しても彼は新たな生きがいを発見するであろう。またたとえ世間的栄光が彼を見捨てても、彼は自由人としての自己の価値を疑わないであろう。なぜなら、彼の自由を形づくるのは世間の評価ではなく、彼自身だからである。つまり「当人のみが自分の行為の意味を決定」できるからである。

他人論

ボーヴォワールは『ピリュウスとシネアス』の第二部において「他人」、「献身」、「交流」、「行動」という項目のもとに、他人論を展開している。以下それを追ってみよう。

他人の存在　他人とは一体自分の存在にとって何なのだろうか。私は、自分自身を一つの充実した対象物として決して捕えることはできない。それに反して、他人は何ときらきらと鮮かに光り輝いて私の目に映ることか！　神の存在も、ユマニテの実現も、私はすべて疑うことができるけれども、このきらきらした対象物としての他人の存在だけは疑うことができない。他人のもっている個性は、すべて独創性に輝いているように見え、他人の幸福はすべて自分の幸福より大きいように見え、他人の流す涙はより真実のように見える。他人とは自分より「素晴らしい、近よりがたい性格をらくらくと着てい」る存在である。

私は自分一人では、自分自身であるあの「空虚」しか感じない。私は「自分が居ない」ことを感ずる。それ故に、私は自分で自分をどんなに誉めてみても、それは空しく孤空に響くばかりである。よしんば自分がどんなに美貌であっても、もしそれが「万人の目に光り輝」かなければ何になるだろうか。自分が一つの仕事を成し遂げるのはたしかに一つの喜びではあるけれども、もしそれが万人に役に立った時、その喜びは何倍にも増大されないだろうか。「しばしば、われわれは、他人の助力なしで自分たちの存在を完成しようと努力する。……いずれも、立会人なしである。しかし、何人といえども、このような孤独で一生満足できるものではない」。

人間の自由とは、常に孤独なものであり、自分だけにしか荷い得ないものである。それ故に、人間と人間との間、他人と他人との間は「根本的に切り離されて」いる。「他人というこの純然たる内面性」に対しては、「神さえもがその上に手がかりをもつまいと思われる」のである。自分を存在させうるものは自分自身以外に絶対にありえない。

にもかかわらず、他人は、自分の存在を拡大したり、縮小したりするように思える。自分を完全に存在させる上で、他人は必要不可欠なのではなかろうか。では一体他人とは何なのだろうか？

献身は「圧制」となる

まず、第一の問いは私は他人に対して何をなしうるか。私は他人を救いうるか。または他人は私を救いうるものだろうか。献身という行為の内容を検討することによってこの問題を考えてみよう。献身する人間にとって、他人は絶対的価値をもつものとされる。つまり私は、私自体の価値によって存在するのではなくて、他人という絶対的価値に奉仕することによって存在する。私の存在価値は、自分を無にして他人の奴隷となることにある。そのかわり、私は自分の存在する理由を心配する必要はなくなる。主人あってこその奴隷なのであるから、奴隷は自分の存在理由を与えてくれる主人に感謝しなければならない。献身とはこのように、「自分の前に一つの絶対的な目的をおくことによって」「自分の自由性を棄」てることである。私は実存の不安を逃れるかわりに、主人のための「従順な道具」の役割をひきうけるのである。

このような献身は、自分がまだ十分に自由でなく、自分で自分の生きがいを発見しえない人間——未熟な人間といえよう——によくみられる現象である。未熟な女性が恋をしたり、母親になったりすると、必ず愛する他人を絶対化して、自己の「自由性を棄」ててしまう。母親にとって子供は絶対的な価値をもつ主人となってしまう。しかし、子供とは、ボーヴォワールのいう「自由な存在」という観点からみると「まだ存在していない者」である。「存在していない者」に自分の「存在」の救いを求めても、果たして何が得られようか！

献身とは、そもそも出発点においてこのような無理があるのであるから献身とは一般に「圧制」となるとボーヴォワールはいう。ここで人間関係は、修羅の巷（ちまた）となってしまう。すべてを捧げてきたはずの人は恩着せがましくなり、要求がましくなる。そして捧げられた人は相手の恩を重苦しく感じ、果ては圧制と感じ、遂に忘恩の行為で報いるようになってしまう。「わしはお前のためにしか生きてこなかった。わしはお前にすべてを捧げた」と父親がいうのに対し、親不孝の子供は答える。「僕は産んでくれなんて頼んだおぼえがない」と。父親はいう。「それはそうかも知れない」「しかし、子供がそこに存在するようになるや否や、子供は依頼した、要求した。そこで、わしは子供に与えた』。しかし、親不孝の子供は再びいう。「父は僕にすべてを与えたかも知れないが、父はそうしたかったからだ」と。

献身のエゴイズム

実は、すべてを捧げてきたはずの人の心にひそかに隠されている事実は、この「そうしたかった」という自分自身の意志と選択なのである。献身という美名の下に、「そうしたかった」自分の本当の心を見まいとし、意識の外に追い払っているのである。自分にとって都合の悪いことを意識の外に追い出すという心理作用のことを、フロイトは抑圧と呼び、サルトルは自己欺瞞と呼んでいる。したがって悪いのはすべて、相手のせいになってしまう。つまり相手の人でなしのために、自分の献身は忘恩につき当たったと思いこんでしまう。「彼は自分が正当に証明されることを期待していたのに、その証明を与え得る唯一の人によってさえ拒絶され」る羽目になる。当然の成り行きとしてそうならざるを得ないのである。

「『あたし、自分の生命も、自分の青春も、自分の時間も、すっかりあなたに与えたんだわ』と侮辱された妻がいう。が、それにしても、もしも彼女が、彼女の青春を、彼女の時間を与えなかったとしたら、彼女はそれらをどう処理したであろうか。恋愛において、友情において、贈与という言葉は、きわめて紛らわしい意味をもっている」。一つの贈与は、何か他のものを見返りとして期待して行われるならば、それはすでに贈与ではない。それは交換にすぎない。もし贈与を受ける側が、贈与者から指定された目的を追求しなければならないとしたならば、彼はむしろ贈与者の目的の手

サルトル

段にすぎない。女性からの贈与の性格がしばしば「紛らわしい意味」をもつのは、女性が女の故に果たせなかった夢を、恋人や、夫や、息子を使って果たそうと画策しがちだからである。この時献身は、「自己放棄でないばかりか、気むずかしい暴君的な外貌を帯び」てくる。

これは贈与でないばかりか、犠牲でもない。つまり「他人が立てたのでない目的、つまり、私の目的である目的を、もしも私が立てるとすれば、私は犠牲になるのではない。私は行為するのである」。「私が他人によって決定された目的を目的とする場合にのみ、献身はあるのである。そうだとすれば、他人のために、私がその目的を決定してやることができると思うことは矛盾である」。

いわゆるこの種の紛らわしい性格の献身に、もっとも多くみられる例は、この自分の目的と他人の目的との混同である。自己欺瞞に満ち満ちた親とか、恋人は、愛する人の目的のために自分が犠牲になっていると無理やり思い込んでいるものである。またある種の親は、自分と子供の間が「根本的に切り離されている」他人であることなど、考えるも恐ろしいことのように考えている。親と子の間に、めざす目的のちがいのあろうはずはない、もしあっても、結局は親のめざす目的が正しいに決まっている。親は子供を愛しているが故に親の考えに間違いがあろうはずはないという風に考えている。

親と子供

親と子供の問題は、〃人は他人に対して何をなしうるか〃という問いを考える上で、最も適切な例ということができる。親はたしかに子供に生命を与え、養育する。しかし親は子供の存在まで創りうるのか？ もしそうならば、子供の存在の源は親なのであるから、子供はその創造主の意志にすべて従わねばならないであろう。

しかし、ボーヴォワールによると、自分を存在させうるものは自分自身以外に絶対にありえない。たとえ親子であっても、他人と他人の間に横たわる溝を飛びこえることはできない。人間の行動というものは、どんなにあがいても、「他人の外側にしか達しない」ものである。「われわれは他人のために自分たちの自由性を棄てることも、丸ごと一人の人間のために行動することもできないばかりでなく、われわれはどんな『人間のために』も『何をすることさえできないのである』。また彼女は次のようにものべている。「人は他人の幸福をはっきり知ることができないばかりでなく、それはこの幸福だとあくまでいえるような一つの幸福が存在するわけではない」。

では私が他人の自由のためになしうることは何なのだろうか。また親が子供という自由な存在に対して何をなしうるのだろうか？ ボーヴォワールは次のように答えている。「私は他人のために出発点しか創らないのである。父親が息子に恵んでやった健康、教育、財産を、息子は施金として ではなく、自分のみが活用できる可能性としてみるに相違ない。他人を打ち建てるのは私ではない。私は単なる道具にすぎず、その道具を使って、他人が己れを打ち建てるわけである。私の贈品を超越することによって、彼は一人で、自分を存在させるのである」と。

親は子供に自由を贈与することはできない。親ができうることは、子供の自由の条件を整えてやること以上のものではない。親は子供に幸福の条件を与えうるが、最終的に幸福そのものを与えることはできない。なぜなら、真の幸福とは、その人間にのみ属している自由性なのであり、この自由性は、他人にとって侵入不可能であり、また他人に対して譲渡不可能なものだから。

指導の限界

人は互いに他人の自由性に達することができない。また互いに他人の目的を知ることはできない。しかし、相手が未熟な子供の場合、また相手が病人の場合、また相手が心の病いに犯されている場合、親とか、医師とか、教師などは相手の代わりに相手の目的を定めなければならない。しかし、これは「思うほど生やさしいこと」ではない。他人が何を欲しているのか知ることは容易なことではない。他人の意志と、「他人の気紛を区別」しなければならない。

教育とは、このように他人の真の目的を外から推しはかって、他人の代わりに親なり、教師なりが投企を行うことである。彼らが、他人の代わりに行う投企が、他人の意志の真の実現であるのかどうか？　これは一つの賭けである。他人は意志を明示しないにもかかわらず、親や教育者たちは、他人の「欲望が他人の真の意志を表明しているかどうか」を、自分の「一存」において決定しなければならない。そして、他人が自由である限り、われわれは、常に自分の判断力が誤るという危機に曝(さら)されるのである。

ドイツの教育哲学者ボルノーは、教育における挫折は根源的なものであるとのべている。つまり、「じっさいには、教育なるものが、自由な、そして、その自由であることによって根源的に算定不可能な、諸存在との交わりであることによって、……この冒険の性格は、教育そのもののもっとも内なる本質に属するのである。それというのも、教え子は、はかり知れない理由によって、教える者の意図から遠ざかり、これに刃向かいさえし、意図を挫折させる可能性を、常に有しているからである」と（ボルノー『実存哲学と教育学』）。ボーヴォワールも同様に「人が己れを犠牲にするのは、危険の中であり、疑惑の中である」とのべている。

指導者の錯覚と宿命

相手が子供や病人の場合のように、自由な人間でない場合、われわれは、つい相手を自分の自由にしうると錯覚してしまうのである。親は子供の目的を認識しうると錯覚し、自分の力で子供の自由を創造しうると思いこんでしまう。健康な人は、動けない病人の意志というものを無視できると早合点してしまう。主人は奴隷を自由にできると信じ、専制君主は人民の自由意志を無視できると信じ、死刑執行人は、その囚人の自由をも殺せると信じている。

しかし、これはやはり間違いなく錯覚なのである。たとえ一時的に自由でない人間でも、人間である限り、常に可能的に自由であるからである。しかも、他人である限り他人の目的を正確に把握できるという保証は全くないのであるから、献身は常に危険な賭けなのである。いくら熱心に相手に尽くしても、相手の目的に叶い、相手から感謝されるという保証は全くない。それどころか、相手の怒りさえ買うかも知れず、恩は仇で報いられるかもしれないのである。このようにして、物いわぬ他人になりかわって、他人の目的を果たすことは至難なわざであり、危険に満ち満ちた行動なのである。親がいくら熱心に子供を育てても、子供が親の好みのタイプの人間になってくれるという保証は全くない。看護人がいくら病人に尽くしても、病人は往々にして不平ばかりいうものである。

ボーヴォワールは、このような親の怒りとか、献身者の怒りを「死刑執行人の憤怒」に近いものだという。つまり死刑執行をする人とされる人という最も極端な形での、自由をもっている人ともたぬ人の関係においてすら、前者は後者の自由を殺すことはできない。その怒りといらだち、それが彼女のいう「死刑執行人の憤怒」である。つまり「死刑執行人はどんなに躍起になったって駄目なのである。もしも彼の犠牲者が自分の自由であることを欲するならば、刑罰の中でも依然として自由でいるであろうから。そして争闘と苦痛は犠牲者を偉大にするのみである。彼が自分のうちに自分の死を抱いていたという理由によってしか、人は彼を殺すことができない。……ソクラテスに毒人参の毒薬を飲ませることは、彼を害うことだったであろうか」。

親は子供の肉体を創ることができ、死刑執行人は囚人の肉体を破壊することができる。しかし、親も、死刑執行人も相手の自由そのものを創ったり、破壊したりすることはではない。人は、たとえ相手が自由でなくとも、「一人の人間の意志に副っても、背いても、何ごともなし得ない」。これは、われわれ人間が、個々人として存在しているための宿命である。われわれ人間の間に、カントやヘーゲルのいうような個人性を超えた普遍的な共通項というものはない。したがって、ボーヴォワールには、カントやヘーゲルの「普遍的なモラル」は「楽天主義」にみえる。なぜなら、彼らは、「個人性を否定することによって、失敗をも否定して」いるからである。

しかし、実際に親は子供を一人前にしなければならない。また政治家は、「もともと政治上の問題なんて解決できないもの」であるにもかかわらず断を下さねばならない。つまり、人間は相手の自由に訴えうる可能性が全くない場合にも、とにかく行動しなければならない。この場合の行動は、一つの暴力である。つまり力づくで行動しなければならない。この場合の暴力は「悪」ということはできない。しかし相手は人間である限り潜在的に自由なのであるから、この暴力行為は必ず挫折するように運命づけられている。「われわれは暴力を働くように運命づけられていることによって、失敗を重ねるように運命づけられているのである」。「すなわち、暴力によって、人は子供から一人の大人をつくるであろうし、遊牧民から、一つの社会をつくるであろう。争闘を放棄することは、超越性を放棄することになり、存在を放棄することになる。しかし、そのくせ、どんな成功とて、それぞれ異なった失敗の絶対的なスキャンダルを消すことは決してないであろう」。

このように、相手が自分の同輩でない場合、つまり相手の自由に訴えようがない場合、人間の行動は、暴力的たらざるを得ないし、しかも、挫折せざるを得ないというのがボーヴォワールの考えなのである。親も、教師も、政治的指導者も、精神的な意味での救い主も、すべて挫折するように運命づけられているというわけである。それが人間の宿命なのである。

感謝の任意性

親や指導者の行為は、このようにして挫折を宿命とする犠牲的行為である。自分の犠牲がどのように莫大なものであっても、何の感謝も、何の恩返しも戻ってこない可能性を含んだ行為なのである。彼らの恩の及ぶ範囲は、相手の自由性のところで停止する。恩とはそもそも自由な贈与でしかありえない。恩を施すものと施されるものとの間に交換の法則は成り立たないのである。この恩の及ぶ範囲の正しい認識をなしえないところに親と子の間、恩人と恩をうけた人の間にいざこざが生ずる。ボーヴォワールはのべている。「父親、恩人のたぐいは、しばしば、この真理をわきまえていない。『彼を今日あらしめたのは私だ。私は彼を無一物から仕上げたのだ』と彼らは自分たちから恩をうけた者を指しながらいう。他人が、自分の存在の基礎を、自分自身の外側に、つまり、彼ら恩人の裡(うち)に認めることを、彼らは望んでいるわけである。……『お前はわしに生命を負うている』と父親は息子の恭順を要求していう」。……「しかし、高邁な人高邁(こうまい)な人なら、与えられた物と自分とを混同することを、自分の自由性を否認することを断乎として拒絶する。る。彼は人から何をしてもらおうと、自分の存在まで影響されたとは思わない。つまり、彼の存在をつくるのは、彼だけなのである」。

献身によって、他人のために自分の自由性を捨てることが間違いであるのと同じように、与えられた恩に報いるために自分の自由性を捨てることも間違いである。他人から与えられた恩義を過剰に意識しすぎることは、忘恩とまた異なった意味で間違いなのである。

恩を与える者とうけた者の間に生ずるトラブルの原因は、このように恩の及ぶ範囲の限界を誤解することから生ずるのであるが、このトラブルに巻き込まれないためには、双方がともに自由であることが条件である。どちらか一方が自由であっても、トラブルから自由になることはできない。まず恩を与えるという贈与の行為が自由な行動としてなされねばならない。相手を自分の目的のために利用しようという下心があったり、相手を自分の存在理由の代替物とする目的のもとでの献身であってはならない。たとえ、いかに相手のために自分をすり減らそうとも、贈与という行為そのものが「絶対的に無償なもの」として、つまり、自分自身の自己目的としてなされるべきなのである。「人は、他人のためにも、みずからのためにも欲しない。人は無のために欲するのである。そして、これこそ、自由性というものである」。「そして、いい意味の母性愛の感動的な性質をつくるところのものも、実にこれなのである」。

贈与のむずかしさ

しかし、与える側がこのように寛大な自由な行動をしても、与えられる側が、この自由性を解しなかった場合、この自由は自由として生きてくることはなく、双方の間に心の交流は生まれない。自由な贈与者が望んでいることはただ一つ「その自由行動が、あくまで自由なものとして認められること」である。つまり「この自由行動が、それから利益をうける人によって、根拠のない純然たる人為的なものと混同されないこと」である。

しかし、この自由性を解し得ない人間は、しばしば寛大な贈与者の心を傷つける。この種の人間はまず第一に自分自身が贈与を自由な行為として行うことができない。それ故に相手の行為を自由として解釈することができない。ある場合には彼は「自分が他人の自由性によって対象物として狙われたと解釈し、忘恩の行為で報いる。またある場合には、謝恩のあらゆる心遣いから解放されるために、贈物によって恩恵を償おうと試み」る。他人に何一つ自由な贈物をすることのできない人間は、他人の自由をもまた信ずることができない。彼に理解できる行為は交換のみである。彼は恩恵を重荷以外に感ずることができない。彼はいつもあわてて他人にお返しをしなければ気がすまない。ボーヴォワールはのべている。「ある寛大な行為に対する感謝として与えられたチップは、侮辱である。すなわち、その行為は、無報酬で、無のために行われたのではなく、欲得でなされたのだと仮定することによって、その行為の自由性を否認することになる」と。彼は与えられることを他人から物化（相手の行為の対象物として手段にされること、いわゆる〝ものにされる〟こと）されることとしてしかうけとれず、その結果彼もすかさずお返しをすることによって相手を物化するのである。彼らの間には自由と自由との相互作用は存在せず、一方が自由で能動的であれば、作用をうけた方は物＝手段という関係のみが存在する。彼らはこのようにして他の人間と心の交渉をもつことができない。彼らには常に手段にするか、されるかの人間関係しかありえないからである。この種の人間に対しては、たとえ自由で寛大な人でも、贈与することによって、常に心を傷つけられるのである。

自由な贈与

したがって自由な贈与が成立するのは、贈与される相手が、それを自由な行為と解釈できる場合だけである。この場合のみ自由な贈与は、自由な行為としてうけ入れられ、相手の心にうけとめられる。つまり、与える者の自由性は、他者の自由性と出会う。与える者の自由性は、他人のもつ自由という鏡の中に鮮かに映しだされることによって、いきいきとした価値を与えられる。他人の自由性と出会うことによって、自分の自由性は実在性を帯びることができる。自由な他人の存在によって、自分の自由は豊かなものとなる。このようにして、他人によって自分の自由性がたしかめられた以上、この上に何の謝礼が必要であろうか！　他人の自由性との出会いそのものが報いなのである。ボーヴォワールは「解明され、同意された謝恩の中では、互いに矛盾するかに見えるあの二つの自由性、他人の自由性と私の自由性を相対して支えることが可能でなければならない。私は、自分を、対象物としてと同時に、自由性として捕えなければならない。私は、自分の位置を、他人の手で打ち建てられたものとして認め、その位置の向う側に私の存在を確認しなければならない。この場合、借金を返すことなど問題ではない。報酬として他人に支払うことのできるような金銭など存在していない。他人が私のためにしてくれた事と、私が他人のためにしてやるだろう事との間には、どんな尺度もあり得ないであろう」とのべている。

他人の自由性との出会い

ボーヴォワールにとって、他人の自由性と出会うことは、自己の自由の侵害であるよりは、むしろ自己の自由の真の完成である。このことは、ばらばらに切り離され、互いに絶対に侵入不可能な自由性をもつと考える彼女の考え方と一見矛盾するかのようにみえる。

つまり、人は互いに「無縁の自由性」の間に「投げこまれ」ているにすぎない。それぞれの人間のもつ価値観は、それぞれ異なっており、互いに比較することさえできない。それは「馬の美質と犬の美質」を比較することができないのと似ている。それぞれの人間の幸福はそれ自体において価値があり、互いに等級をつけるのは不可能である。人間はそれぞれ互いに宿命的に無縁である。「他人は私が埋めなければならないような穴ぼこなどもってい」ない。「人間の計画は、バラバラに切り離されていて、互いに戦い合ってさえいる」。「下男」が「偉人」を嘲笑して無視することができるように、人は自分にとって無縁な価値とか、都合の悪い価値を無視することができる。人は自分の「邪魔になるような批判」を無視することができる。「そういう批判を抱いている人たちを単なる物体とみることによって」。人はこのようにして、互いに相手を物体とみなすことによって、互いに相手の価値を無視することができる。人は「眺められるや否や、客体にな」る。「そうなると、われわれの存在は収縮して、駄目になってしま」う、つまり抹殺されてしまう。

しかし、われわれの自由な投企が行われるのはあくまで、この人間世界の中なのである。「われわれの存在が実現されるのは、世界の中で危険な状態にあるのを選ぶことによってのみである。われわれの存在を占領しようとする区分された、無縁の自由性の前で、危険にさらされるのを選ぶことによってのみである」。「側近者から、ちやほやされている子供や若者」のように「他人の批判」

に近よらず「自分の圏内に閉じこもる」ことも可能である。しかし、これは唯我独尊(ゆいがどくそん)のナルシズムの世界に閉じこもることとなり、みずからの「自由性の否認」となる。「自由であること、それは、計算もなく、どんな賭金もなく世界の中に身を投げること」である。

〝自由への呼び声〟

ボーヴォワールの意図するところは、自分の自由な投企が、この沈黙と否認という侮蔑の波と闘いながら、自分の自由への「呼び声」をうけとめる人と出会うことなのである。ボーヴォワール自身、作家であるので、彼女の投企は作品を創り、世に問うという行為である。芸術作品は、その人間の自由の表現でもあるが、芸術作品は必然的に他人とのコミュニケーションを要求する性格をもつ。芸術作品は常に「理解され、正当とされることを要求」するものである。彼女にとって「言葉は自由性への呼び声」である。「言葉」とは、この際〝文学作品〟を指すとみてよいだろう。しかし、呼びかけられる他人は自由である以上、自分は「他人の自由性に呼びかけることばかりができて、それを縛ることはでき」ない。彼らが、その呼び声を無視したり、妨害することは自由なのである。「合図は、それを捕えようとする意識によってのみ、合図」である。

このようにして、合図が合図として捕えられることが、他人の自由性との出会いである。ボーヴォワールは「他人とのこの関係が設立されるためには、二つの条件がみたされる必要」があるという。一つは「呼びかけることが私に許され」ていることである。だから、「私は、私の声を吹き消

若きボーヴォワール

し、私が表現しようとするのを妨害し、私が存在するのを邪魔しようとする者たちを相手に闘わなければならない。二つ目の条件は、「私にとって自由である人たち、私の呼び声に答え得る人たちを、自分の真前にもつ」ことである。呼び声に答えうる人たちとは、自分の自由と価値観において、または具体的内容において抵触してくる人たちのことである。「私の計画が彼らの計画に合致し、あるいは、抵触するのに応じて、彼らは同盟者として、あるいは、敵として存在する」。一つの文学作品を例にとると、この人たちは、「それを愛し、欲し、延長する」。「だから、私は、自由な人たちが、私の行為に、私の作品に、それぞれ必要な場を与えるために闘うであろう」。

このようにして、ボーヴォワールにとって他人の自由性との出会いは、「自由性」そのものの「本質的な要求」となる。「つまり、われわれは、自分たちの現存が、打ち建てられ、必要なものになるために、他人を必要とする」のである。「存在しようと求めることは、存在を求めることである。なぜなら、存在というものは、それを発(あば)いて見せる一つの主観性の現存によってしか、無いものだからである」。作品を発表するということが、すでに他人の存在を前提とするわけである。「芸術家たるものは、自分をとりまく人たちの位置に無頓着たりえないはずである。他人のうちに、彼自身の肉体は縛りつけられているのである。だから、私は、自由な人たちが、私の行為に、私の作品にそれぞれ必要な場を与えるために闘うであろう」。

出会いの条件

他人の位置とは、かかわり合う人間同士の具体的条件を指す。自由性に向かって努力する人間はすべて平等である。たとえば、「読み書きを学ぼうとする文盲者」の努力と「新しい仮説を発見する学者」の努力の間には「どんな道徳的階級」も定めることはできない。しかし、両者の成し遂げた成果は、具体的に互いの努力の課程に対しては何の役にも立たない。つまり、この両者はあまりに努力の地点の位置が異なっているのである。二つの自由がかかわり合うには、互いの位置がより近くになければならない。「他人の自由性が、私にとって何ものかであり得るのは、私自身の目的が、今度は、他人の自由性のために出発点の用をなしうる場合にかぎられている。他人が私の作った道具の存在を延長するのは、その道具を利用することにおいてである。学者は、自分と同じ水準に達した人たちにしか話すことができない。そこで、彼は彼らに、新しい仕事の基礎として、自分の理論を課すわけである。他人が、私の超越性に従って行きうるのは、彼が私と同じ路上の地点にある場合のみである」。

したがって、自由への闘いは、二つの側面をもっている。一つは「己れの自由性それ自らである前進運動によって自分を超越」すること、二つ目は、他人が自分の「超越性に従って行くことができたり追い越すことができるような位置を彼らのために創り出す努力」である。これはちょうど

「探検隊のリーダー」のようなもので「自分が前進するために新しい道路を標し、落伍者たちをかき集めるために絶えず後方に戻り、また、自分の従者をより遠くまで誘導するために前方に走って行ったり」するのに似ている。勿論すべての人が従ってくるわけではない。無関心である人、落伍する人、妨害する人、説得を無視する人など、いろいろである。探検隊に加わった人だけが、絆を創りえた人々であり、隣人または同輩と呼びうる人々である。彼らは現在の一つの特殊な投企のために互いに他人を必要としている。彼らは互いに「他人の自由性におんぶ」している。この「いくつかの自由性」は「どんな柱にも支えられていることのない円天井の石みたいに、互いに支え合っている」のである。そして、この円天井は、その一つの特殊な投企の終了とともに過去のものとして凝固してしまうかもしれないものである。ボーヴォワールの哲学にあっては、「普遍性」とか、「人間性の本質」などという「支柱」は存在しない。どんな調和も一時的なものであり、静止することはない。「人類は一つの空虚の中に丸ごと吊りさがっている。人類が、自分の充実性についての反省から自分で創りあげる空虚の中にである」。

したがって、自由性と自由性との出会いは常に一時的、瞬間的である。あとには、常にバラバラに切り離された個人が残る。出会いは、一つの奇蹟なのである。ある程度、持続した出会いも、この瞬間の奇蹟的な持続なのである。

だから他人とは二通りの意味をもっている。他人とは一方においては私の存在を物化するが、他方において、他人は私の存在を完全にする。ある他人のまなざしは、私を物として主体性を奪うものである。しかし、ある他人のまなざしは、私の自由を自由としてそのまま存在せしめる。私の自由はあくまで、私の主体によって荷われるものであるが、他人が、それを自由として肯定する時、私の自由はいっそう具体的なものとなり、いっそう現実的なものとなる。他人のまなざしとは、他人の自由な価値評価なのである。もし他人が私を単に有用な物としてしか評価しない時、その他人にとって、私は人格として存在しえない。私はその他人にとって、ある一つの有用な才能、または有用な労働力、または性的な欲望の対象であるにすぎない。私はその他人の手段にすぎないが故に、私とその他人との間に人格的交流は生じえない。

他人の両義性

だから、私が他人にとっても存在しうるためには、他人が私を自由な人格として欲しなければならない。自分自身が自由である人間だけが、他人の自由を、自由として受け止めることができる。自由は相互に他の自由を必要とする。自由は、それを受け止めようとする意識にとってだけ、自由として現れるのである。自由は、それが自由として現れ、自由として評価し、自由として受け入れられることだけをのぞむ。たとえ、私が自由であってももし他人がそれを認めなければ、その他人にとって私の自由は存在しない。私を存在させるのは私自身である。しかし相手の目が、私の存在に対して閉ざされている時、相手が私の自由に対して何の関心もなく、何のかかわり合いももとうとしない時、私は相手にとって物にすぎない。相手の目が、相手の関心が私の自由に対して開かれている時だけ、私の自由は、私自身に対してのみならず、相手にとっても、存在しうるのである。ボーヴォワールは、それ故に次のようにのべている。「他人の自由性のみが、私の存在を必要とすることができる。だから、私の本質的な要求は、私の面前に、自由な人たちをもつことである」。「つまり、われわれは、自分たちの現存が、打ち建てられ、必要なものになるために、他人を必要とするのである」。

それ故、自由と自由の関係は常に相互的である。自由と自由の交流は、双方の自由が出会うことなしに成立しえない。たとえば、男女の関係においても、男性がもし自由な女性を求めなければ、女性の自由への要求は単なる悪あがきに終わってしまうだろう。また逆に男性が相手の女性が自由であることを欲しても、もしその女性が男性に対して依存することだけを欲していたとすると、その男性もまた孤独のまま放置されることになるだろう。自由と自由との交流は、互いに双方が自由であり、互いに相手を自由な存在としてうけ入れ合う場合にのみ生ずるのである。

Ⅲ　ボーヴォワールの主要著作

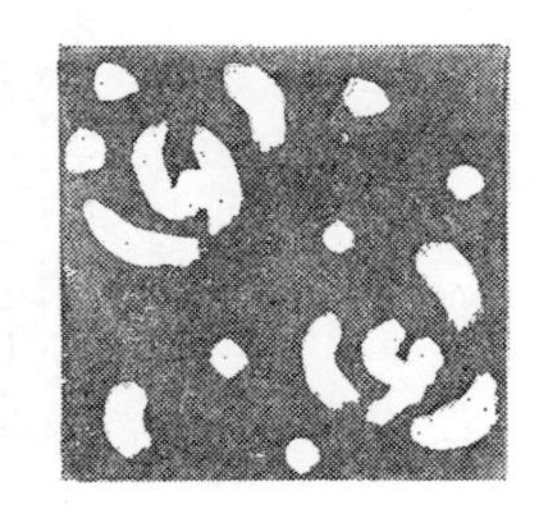

『第二の性』

執筆の意図　ボーヴォワールは、この本の標題をはじめは『他者、第二の存在』としようと考えた。つまり、男が「本質的存在」であるのに対して、本質的でない存在としての女性という意味でそう考えたのである。次に考えた題は『もうひとつの性』であった。本質的でないもうひとつの性というわけである。最後に『第二の性』という案を想いつきそれなら「ぴったりだ」ということになったそうである。

「他者」という言葉は、この本で再三繰り返される言葉である。「他者」とはさきにのべたように「余計者」、「他所者」のことである。つまりは人間社会＝男性中心社会にとっての「他所者」という意味である。

男性中心社会では、すべての価値の規準は男性から発する。女とは「本質的なものに対する非本質的なもの」であり、「男は≪主体≫、≪絶対≫」であり、「女は≪他者≫」＝「相対的なる存在」である。「男は女なしにも考えられるが、女は男なしには考えられ」ない。男の中に「一つの人間の絶対的な典型」がある。しかし、女は「≪できそこなった男≫、≪偶発的なる≫存在」にすぎない。女は「アダムの≪余計な骨≫からつくられた」だけである。女は「本質に決して復帰できぬ非本質」である。

これを逆に非本質の存在である女性の内側からみると、「他者」とは、他人からみられる自己の中に疎外された人間である。女性は男性社会が創りだした「女」というイメージ、「女」という役割の中に埋没している存在である。つまり「女」という与えられた役割を演ずる俳優である。俳優は俳優でも、永遠に演技が終わらない俳優である。たとえ、演技が終わっても、戻る自分がいないのである。自分のために生きることができず、「女」という偽の自己を生きざるを得ない。この偽の自己しかもたない存在、これが「他者」の別名ともいえよう。

俳優は演技によって自分にいろいろな姿を与えることができる。しかし、女性は自分で自分の姿を与えることができない。女性は外から姿を与えられるにすぎない。ちょうど、魔法使いが、杖の一振りで相手をいろいろな姿に変えることができるように、誰かが女性に姿を与えたのである。女性は、この魔法使いの呪文の力を解くことができないままに、受動的に生きていく限り、「他者性」の呪いは解けないのである。

『第二の性』は、どうして女性がこのような劣った性の立場におかれてきたのかという問題を歴史の出発点に戻って解明し、それが歴史的につくられてきたものであることを解明しようという意図のもとに書かれた著作である。「私が主張したのは両者（男と女）の相違が自然的でなく文化的次元のものだということである。私は、こうした相違がどうやって創り上げられるかを幼年期から老年期まで体系的に語ろうと考えた。私はこの世界が女性に与える可能性と、女性に対して拒否する可能性と、女性の限界、不運、幸運、逃避、達成などを検討した」(『或る戦後』上)。
邦訳では次の五部にわけられている。

(1)、女はこうしてつくられる
(2)、女はどう生きるか
(3)、女の歴史と運命
(4)、自由な女
(5)、文学に現れた女

(邦訳の順序、仕分けは原文と必ずしも同じではないが、入手しやすい邦訳の順序に従うことにした)

(1)　女はこうしてつくられる

『第二の性』第一分冊では、題名のとおり、どのようにして女というものが幼児期から創られていくかがのべられている。

幸福な受動性

赤ん坊が、最初に自分を意識するのは「両親のまなざしのもとに一個の客体としての自己」としてである。このまなざしは彼らをある時は「可愛い天使」、ある時は「怪物」に変えてしまう魔力をもっている。大人だけが彼らに「存在を付与する力」をもっている。「大人達は子供にまるで神様のように思える」。赤ん坊はこのように大人のまなざしの客体という「いったん疎外された形においてのみ」「自分自身に出会うのである」。これは、女性が、客体としての「女」＝〝他者－存在〟

にしか自分を発見できないのと似ている。つまり、赤ん坊は他者性なのである。だから、子供は、この「幸福な受動性」のもとで、「はじめの三、四年のあいだは、女児と男児の態度のあいだに差異は認められない」。

人間の幼い時の、この母子一体の融合の感覚、これは人間の幸福感の最も原初的な形態である。他人は、自分にとって緊張を強いる存在ではない。他人のまなざしの客体として「凝結」させられることもない。この「全体の懐に身を沈める」というこの「肉体的融合」は、他人のまなざしの距離の射程以前の安全地帯であり、それ故により「徹底した自己疎外」なのである。あらゆる人間は、この原初的な、自他一体の幸福に戻りたいという憧れを抱いている。たとえば、日本人は、これを「甘え」という感情によって自覚している。「甘え」の感情とは、自他一体の境地であるが、「甘え」る側と、「甘え」させる側の両者によって成り立っている。「甘え」るという感情は相手によって自分が一個の独立した人格として評価の対象となることをさけるため、相手との感情的融合を遂げようとする感情である。大人になりたくない子供は、媚態を示し、ベタベタしたり、すねたりする。

男の子と女の子

しかしこの子供の状態から、より積極的に突き離されるのは、男の子の方だとボーヴォワールはいう。「男が抱いてくれなどというやつがあるか……一人前の男が泣くやつがあるか」という風に、男の子たちには親からの独立が奨励される。彼らにとって

「人の気にいられるようにする風を見せぬことが気にいられるみちなのだ」。男の子は「そのけわしい前途をはげますために……男性たることの誇りを吹きこまれる」。男の子は、まだ「甘え」を許されている女の子を羨（うらや）むかわりに軽蔑することを学ぶのである。この誇りは「ペニスのうちに化身している」。それは、「自発的にではなくて、周囲の態度を通してである」。

これに反して、女の子の場合は、相変わらず甘やかされ、「涙や気まぐれ」は大目にみられ、その「表情や媚態」は面白がられ、「肉体の接触と親切なまなざしが彼女を苦悩と孤独から護ってくれる」。女の子は「人形」のように、きれいで、可愛らしく、おとなしいことが好まれるのを知るようになる。「彼女は気にいられるためには《絵のように美しく》なければならないことを知る」。女の子は、すでにこの段階で「《美しい》、《醜い》という言葉の意味を発見する」。つまり、女の子は、他人から見える部分の自分の存在——美しいとか醜いとか——に早くから執着させられる。このように、女の子は早くから、自己活動の能動的主体としての身体よりも、他人から見られる受動的客体としての身体の方に関心を奪われるのである。

このような子供時代の教育の差は、さらに躾と遊びを通じていっそう助長される。男の子たちは遊びのうちにも「世界に向かっての自由な動きとしての自分のあり方を修業していく」。「彼は他の男の子達を相手に剛毅（ごうき）や独立をきそい」、「樹にはい登り、友人と格闘し、荒っぽい遊戯で友だちと張り合い、自分の肉体を自然を支配する一つの手段、闘争の一つの道具として把握する。彼は自分の性器と同様に自分の筋骨に誇りをもつ。遊戯や運動や相撲や挑戦や試練をとおして、いろんな自分の力を均衡に使うみちを見つけだす。同時に彼は、厳しい忍耐の教えを知る。彼は殴打に耐え、苦痛に屈せず、幼いときの涙を否定することを学ぶ」。勿論、彼の場合にも、他人から見える自分に不安やまどいを感ずることはあるとしても、このことと、「具体的目標のうちに自己を確立したいという彼の意志とのあいだに、根本的な対立はない」ということが重要である。「それにひきかえ、女の場合には、最初から、その自主的存在とその《他者-存在（エートル-オートル）》とのあいだに衝突がある」。彼女は女の子であるためにおとなしくしなければいけない。お転婆は、女のなり損いとして非難され、喧嘩をして相手を殴ったりすると非難される。彼女たちは「木や、椅子や、屋根の上に登るのを禁じられ」、あらゆる「勇ましい行い」が禁じられる。つまり高いところに登って、精神的優越感を味わうチャンス、また恐怖を克服して危険に挑戦して打ちかって誇りをもつチャンスなどが奪われるのである。だからボーヴォワールはいう。「男手で育てられた女は女性の欠点を大いにまぬがれることができる」。「女性の上におおいかぶさっている不運の一つは、……その幼年時代に、女の子は女の手にゆだねられるということである」。

〝永遠の子供〟

女の子に対する教育の欠点は、このように幼少のころからはっきりしている。従来の女の子の教育の目標の中には、自由で独立した人格を創るという項目がなかったのである。つまり、自分の運命を自分で切り開いていくという人間の本来の姿への理想もなければ、可能性もなかったのである。女の子の受動性は、むしろ積極的に温存されたのである。

来日したボーヴォワールとサルトル

つまり受動性こそ、最も女らしい特性とされたのである。赤ん坊の受動性＝「他者性」は、女の子にあっては、そのまま本性としてうけつがれる羽目になったのである。この受動性は、ある場合には愛玩物としての可愛らしさとして、ある場合は盲目的な忍従として必要だったのである。

受動性が奨励されたのに対して、禁止されたのは能動性の方であった。つまり激しく筋肉を使うこと、危険な冒険に挑むこと、高い所に登ったりすること、他人と競争したり、とっくみ合いの喧嘩とか、出しゃばることとかが禁止された。これらの行為には総括して〃お転婆〃という名がついている。

しかし、このような女の子の育て方の中に女性の人格の一切の成長の芽を阻害する要因がある。人類は、女性＝雌＝受動性という愚かな偏見のために、人間の中の女性を、動物の雌以下の弱い動物にしてしまったのである。つまり生物として、自分の個体を守るために必要な、最小限の能動性までが、根こそぎ人為的に幼児のうちに奪われてしまうのである。さらにこの女性に運命づけられた受動性は、女性を一生子供のままの精神状態にしておくことを意味するのである。子供とは、自分で食べていくことができないだけでなく、自分自身を律することができない存在である。自分自身の欲望を制御することのできない人は、常に自分自身の乗り超えに失敗する人である。ボーヴォワールの自由とは、現在の自分自身を絶え間なく乗り超えていく能動性の上にこそ存在するのであるから、この能動を奪われた女性は、一生子供くさい、幼稚な自己同一性の上に固執する存在となる。子供はやがて、生物的に雌となるけれども、女性はやはり同じく、動物的雌の本能という自己同一性の上に居座り、一歩もそこから動こうとしない精神的な怠け者となる。他人の奴隷であると同時に、自分自身の本能の奴隷として、女性は〝永遠の子供〟たるべく基礎づけられる。身体の成熟という点でのみ大人になっても、成人社会からみての「他所者」となる。

女の敵、母親

このような女の子に対する躾の習慣を創りだしたのは、たしかに男性中心の社会である。しかし、実際にこの躾を女の子に対して行うのは、外ならぬ母親＝女性であるということは、全く皮肉なことである。今日の日本でも母親が、女の子に対して、何気なく口からでる〝いけません〟の中には、女の子の自由の芽生えを摘みとるような内容のものが、実に数多く存在している。小さいうちに、自由の芽を摘みとりながら、資格だとか、学歴だとかのために、いくら学費をかけても、それは所詮お嬢様芸に終わってしまうのは当然であろう。

参考までにいうと現在の児童研究は、このボーヴォワールの指摘の正しさを立証している。たとえば、アメリカの心理学者、エレナ・E・マコビイは、次のようにのべている。「現在六歳で、今後四年間にわたる知能指数の増加が予想される子供は、競争心が旺盛で、自己主張が強く、独立心に富み、他の子供たちに対して支配的であります。これに反して今後四年間知能指数が減ると思われる子供たちは、受動的で、内気で、依頼心が強い子供たちです」。さらに彼女はアメリカの児童発達研究センターの一つであるフェルス研究所の研究員の次のような答えを引用している。「少女が知的な人間になるためには、どのような成育過程が必要ですか」という問いに対して、「いちばん手っ取り早くいえば、幼少期のある時期にお転婆でなければなりませんね」（望月衛訳編『女性の実力』）。

青春期のコンプレックスと宙ぶらりん　女性を受動性の枠の中に閉じこめようとする伝統的な女の子の教育の結果は、思春期になって、はじめて致命的なものとなって現れる。男性が発達していく自己の筋肉に対して誇りをもって、自己の強さを確認するのとは反対に、女性は自分の肉体に不安と嫌悪の情をもつ。肉体は彼女にとって重苦しい客体となってくる。「彼女は世界の他の部分に対し異邦人であるために、自分自身に対しても異邦人となる」。世界に対する受動的な姿勢はそのまま、自己自身の肉体に対する受動性と直結する。

男性にとっては、「彼の主権が確立されていると自覚するためには、自己の確信をその拳固の中に感じることで十分なのだ。すべての侮辱に対し、また彼を物品扱いにしようとする一切の試みに対し、男性は殴ったり、打撲に身をさらしたりすることができる」。「筋肉の中を通らない怒りや反抗は想像だけに止まることだ。自身の心の動きを地球の表面に刻みつけることができないのはおそろしき失意である」。

したがって、「もし女性がその肉体に自信をもち、ほかの方法で世界の中へ乗りだすことが可能であれば、その欠点は簡単につぐなわれることだろう」。受動性の呪いを解く鍵は、まず肉体に対するコンプレックスを捨てることである。「フェザー級の選手はヘヴィー級のそれと同じ価値があり、スキーの女流選手は、より速い種目の男子選手に劣るわけではない」。不思議なことに、体力と筋力が直接必要とされる女流運動選手とか、重労働の女性たちが、肉体上のコンプレックスから免れているのである。それは「自分独特の完成を積極的にめざし」ていることによって、かえって「男性に対する」コンプレックスから解放されている。このことは知的なコンプレックスについてもいいうる。女性が、知性に対して、自分独特のものをめざし得たならば女性の知的創造性は解放されるであろう。

しかし、一般に女性が「自主的個体として完成すること」は「まだ青年よりはるかに困難である」。「家族も社会風習も彼女の努力を援助しない」。「青年の人生への出発を比較的容易にしているものは、彼の人間としての天職と男性であることとの天職が相反しないことだ」。「これに反して、若い娘の場合は、まさに人間であるという条件と、女性という天職との間に離反がある。そして、この理由で、青年期は女性にとって非常にむずかしく、そして非常に決定的な時期なのだ」。

女性は青春期において、この決定的な人生の岐路で、果てしなく曖昧な態度をとり、自己決定を避けて、宙ぶらりんの状態で浮遊する。というのは、社会の中の女性の地位が宙ぶらりんだからである。女性の場合、たとえ全力投球しても、うけ入れられず空振りに終わる可能性は、男に較べてはるかに多い。最初から勝ち目のないことがわかっている競争に打って出るよりは、より有利な特権をもっている、つまり勝ち目のある男性の庇護を求めた方が無難である、などという分別が、女性の足をふらつかせるのである。女性はそこで、あらゆる可能性に対して対処できるように、八方美人的に構えるということになってしまう。有利な職があれば、そちらに転がり、有利な結婚の口があれば、そちらに転がり、要するに先方様次第という受身の姿勢になりがちである。職に対しても適当に気を配る一方、男性にも気にいられるように容姿にも気を配るという具合である。

この宙ぶらりんの状態の中で、女性が決定的に失うものは、自分自身に対するイニシアティヴである。彼女は自己決定を他人に譲りわたしてしまう。彼女は、女性の天職は結婚と家庭にあるという従来の考え方を否定も、肯定もできず、結局は自分自身を見失ってしまうことが多いのである。

(2)　女はどう生きるか

結婚の意味

『第二の性』第二分冊では、以上のようにして女につくられた女性の成人したのちの生きざまについてのべられている。結婚生活の内容、母性の内容が検討されている。

自由な人間にとって、結婚し家庭をもつことは必ずしもマイナスの意味をもつものではない。自由で対等な二人の男女が、幸福な私生活をもつことは、人生の上で決定的に重要なことである。一人の人間が、公的世界での活動の場をもつことと、同時に幸福な私生活をもつことは、ともに不可欠のことである。どちらの一つを欠いても、人格は円満な成熟に達することはできない。

しかし、女性に関して、この二つの条件は満たされてこなかった。結婚と家庭のみが、女性の人生のすべてであるというように長年言い古されてきたのである。女性は自主的主体としての成熟を果たさないまま、結婚という形で、親の扶養から、夫の扶養の下に手渡されてきたのである。結婚とは、本来ならば男と女という相異なる個性をもつ者同士が、互いの自由な交渉の中で、人格の成熟を遂げていくという目標をもつものである。しかし、女性の自由がより少ない社会での結婚は、そのような目標からは程遠いものである。「一般にいって、結婚がきまるのは愛によってではない。≪夫はいわば愛せられる男の代用であって、その男自身ではない≫(フロイド)。……結婚は男と女との経済的、性的な結合を集団の利益に向かって超越させることであって、彼らの個人的幸福を確保することは目標ではない」。女の自由がないところには「愛も個性もありえない」。「男の一生つづく保護を確保するためには個人的な愛は断念しなければならない」。「つまり、女にとってはその個別性の中に選択した夫との関係を打ち立てることはないので、その一般性の中に女性的作用を果たさねばならぬということである。女はただ生物の種としての、個性化されない形で快楽を知るというわけだ」。

結婚の欺瞞

女性に対しては、昔から〝女の生き甲斐は愛だ〟とか、〝愛こそは女の幸福のすべて〟などという言葉が、まことしやかに教えこまれているのであるが、現実には、打算的で、動物的な結婚が奨励されているわけである。愛の理想は欺瞞である。なぜなら、女だけが抱いている愛という理想に対して、ほとんどの男は無関心だからである。つまり女だけの主観的幻想といえよう。女性の人格は愛の理想を実現するだけの個性の成熟を果たすことなく、〝雌〟としての成熟だけで結婚させられる。女性は、男性を対等な立場から愛するだけの個人としての実力も、社会人としての実力もないまま結婚という枠の中に組み入れられるからである。

社会的にも、個人的にも無力である女性がその欠乏のすべてを結婚とか、愛の理想とかによって取り戻そうと願うことは無理からぬことである。しかし、結婚という私生活の幸福は、女性の社会人としての不幸を補う性格をもつものではない。また夫は、妻の個人的な無力を埋め合わすことはできない。「いくら女でも自分自身の存在理由を他人から借用することはできない」。ただ辛うじてできることは、妻の果たせなかった社会での成功を果たす位のことであろう。しかし大部分の夫は、妻の野心が満足するほどの成功に達することはできず、期待する妻をうらむのがせきの山である。しかしいずれにせよ、妻の結婚に対する過度の期待は夫にとって著しい重荷となる。夫を万能の救済者だと考えることがそもそも、未熟な発想なのである。

〝愛〟とか、ロマンスは、むしろ自由の果実であって、自由を創りだす力をもっていない。自由のないところに愛もロマンスも生まれようがない。私生活の幸福とは、公的生活の幸福と対であるべきものであり、自由な投企があって初めて、私生活のやすらぎの意味が存在するのである。自由な投企から切り離された家庭は、ただ〝永遠の退屈〟があるのみである。「野心も情熱もなく、どこへ行きつくあてもなく、無限に繰り返される日々の金メッキされた凡庸さ。その理由を反省したりせずに死の方にしずかに滑って行く生活」があるのみである。私生活とか、家庭生活そのものが悪なのではない。しかし、自由と切り離された家庭、公的世界に対してどんな窓ももたない家庭は悪だということができよう。

内在の世界と真実の結婚

ボーヴォワールは、このような意味の家庭を「内在」の世界と名づけている。行動すること、「生産し、たたかい、創造し、進歩し、世界の全体性と未来の無限の中に自己を超越すること」から切り離された、一つの静的な世界「退避所、洞穴、腹として、外部の脅威に対してまもられた」「一種の反世界」としての永遠の自己同一性、これが家庭という「内在」の世界である。

このような性格をもつ家庭内での主婦の仕事は、意味のない永遠の反復という相をもつ。「家庭の主婦の仕事ほどシジフォスの刑罰によく似たものはあるまい。毎日々々、皿を洗い、家具の塵をはらい、肌着のつくろいをする。そういうものは明日はまた汚れ、埃にまみれ、ひき裂けるのだ。主婦は一つところにじだんだをふんでいる。彼女は何もしない。ただ現在を永遠化しているのみ。彼女は積極的な一つの『善』を征服しているという実感をもたず、果てしなく『悪』に抗しているという気持のみである」。「いろいろ異なった仕事を組み合せてみても長い受身と空虚の時間が残る」。このようにして女は、結婚生活の中で「無」になっていく。結婚は女にとって救済であるというのは、たくみに信じこまされた神話にすぎない。これは結婚とか、家庭の雑用が、女を「無」にしたというよりも、幼少時から、自分を「存在させよう」とする努力を一貫して行ってこなかった女性の、またはそのような努力の許されなかった女性の、運命の行きつく終着点なのである。

では、どのような結婚が、どのような家庭が意味があり、ロマンのあるものだろうか。このことに関して、ボーヴォーワールは、ごく原則的なアウトラインを示しているのみである。しかし、これこそ最も重要である。「結婚は自主的な二個の生活の共同であるべきで、隠遁や併合や逃避や一時的な救済であってはならない。……夫婦は自分たちを共同体、閉ざされた密房のごとく考えるべきではない。個人としての各自は社会につらなっていて、その中で独力で花を咲かすべきだ。それでこそ、やはり社会につらなっている他の一個人とともに寛大な心で絆をつくることができる。相互の自由の認識の上につくられる絆だ。このような安定した一組の男女はユートピアではない。時には結婚形態の内にもこういうのが存在する。多くはその外においてであるが、ある者たちは大きな性的愛によって結ばれ、友情や仕事の方では自由になっている。他の者は友情で結ばれつつ、おのおの性的自由は束縛されていない。……男と女の関係の中には多くの変化(ニュアンス)が可能なのだ。友達づきあい、快楽、信頼、愛情、共同、愛などにおいて、男と女は互いに人間としてもちうる喜びや豊富さや力の最も豊かな源泉となりあうことができるのだ」。

結婚や、愛の神話が結局は幻想であることは、うすうす感ずかれている。

しかし、母性こそは神聖であること、母性こそが、女性の最終的自己実現であるということは、いまだに熱心に信じられている。これは特に日本のように母性型の文化圏といわれる地域では有力な信仰となっている。たとえば「女は悪であるが、母は善である」というような考え方は男性にまで広く浸透している。

しかし、問題は、女性の個人としての挫折、つまり個人としての成熟の失敗のすべてを母性は果たして取り戻しうるものかということである。母性は、女性の挫折の、万能の救済者なのかということである。さらに子供は、女が夫によっては得られなかった〝愛の理想〟を実現してくれる天使なのかということである。

ボーヴォワールは、はっきりとこれを否定している。彼女はシュテッケルの次の言葉を引用する。「子供は愛の代用ではない。子供は破れた人生の目的にとってかわることはできぬ。子供はわれわれの生活の空虚をみたす道具ではない。それは一つの責任、重い義務である。それは自由な愛のもっとも高価な花飾りだ」。

母性と「奇異な創造」

しかし、妊娠によって、女が自分の存在を確認するということは事実である。「もし事情がはっきりと不利なのでなければ、母は子供の中に自分を豊富にするものを見出す、というのが事実である」。つまり子供は「自分自身が存在するという現実の保証」である。

ボーヴォワールによると妊娠とは、「偶然と事実性の中に実現する奇異な創造」と定義づける。

ボーヴォワール

生命活動それ自体は一つの繰り返しであるが、「新しい芽」の活動は、無気力な肉体とはちがって、未来に向かって進展する。「新しい芽が吹き出るときには、それは株になり、泉になり、花になる。自己を超越する。それは充実した現在であるとともに、未来に向かう動きである」。「胎児は未来全体を要約しており、これを体内にもっている彼女は自分を世界のようにひろびろと感じる」。

妊娠は「女のうちに自己対自己という形で演じられる一つの劇なのだ」。「未来の母においては主体と客体の対立が消滅する」。妊娠というこの生命の創造は、かつて自分がまだ主体として存在しない頃の主客未分化の幸福を再現してくれるものである。妊娠によって女は、「むかし自分の離乳のとき苦しんだ別離が償われる。彼女はここでふたたび生命の流れの中にひたり、全体に復帰」する。そして「男性の腕の中にもとめ、与えられたと思うとすぐ拒否された融合」を手に入れるのである。この生命それ自体の幸福、それは女の「少女時代以来のもっとも深い欲望」である。女が「うとうと眠るとき、その睡眠は世界のでき上がるときの混沌（こんとん）」である。彼女は「自己を忘れて」自分の「内に生長する生命の宝に恍惚」となる。

成功した母親と不満のある母親

妊娠によって、たしかに女は一つの肉体を創造する。しかし、ボーヴォワールはいう。肉体を創ったというだけでは、一人の人間を創ったことにならないという。つまりそれだけでは「自分みずから築かれるべき一つの実存をつくることはできない」。「母は一人の子をほしいと思う彼女の理由をもつことはできる。が、明日存在しようとするこの他者に彼自身の存在理由を与えることはできないだろう」、と。

子供が成長するにつれて、つまり子供が一つの実存として存在する度合いが増すにつれて、主客未分化の融合という幸福は破られていく。子供が徐々に「個性化」していく時、子供は、母にとって徐々に他者となっていく。親子の関係は、子供の成長に伴って徐々に個人と個人との相互的な、対等な関係に変化していくドラマなのである。しかし、この場合、問題は、女性である母親が、自分自身の個性化に失敗している場合である。自分自身の個性化に失敗している母親がどうしてわが子の個性化を援助しうるだろうか。

もし母性が、女性にとって最高の自己完成であるとするならば、それは、みずからの個性化に成功した母親についてだけいいうるであろう。したがって「『母性』の宗教がすべての母は模範的だと宣言するとなるとそこには瞞着（ごまかし）が始まる。なぜなら、母の献身は全く完全な真正さで生きられることもたしかにある。だが事実は、それはごく珍しい場合なのだ。普通は、母性というのはナルシズム・他愛精神・夢想・誠実・欺瞞・献身・快楽蔑視などのごっちゃまぜである」。

母親が、子供の成長のあかつきに、わが子を再び、一個の個性として発見した時、親と子は、血縁という自然の偶然性と事実性の枠を乗り超えるのである。子供を育てることが女性にとって、自由な投企と呼びうるのは、このような場合のみである。そこには母親の叡知が作用しており、自然の絆に対する親子共々の乗り超えが存在するからである。母親の投企は教育者の投企であり、その成功は教育者の成功なのである。個人と個人として出会うことは、親子の幸福を二倍にする。そのような母親になりうる条件は、まず母親自身が人生に成功することである。「もっとも豊富な個人的生活をもっている女こそ子供にもっとも多くを与え、子供からはもっとも少なく要求する。努力のうち、闘争のうちに真の人間的価値を獲得する女こそもっともよき教育者になれる」。

しかし、反対に母親が、自己実現の上で欲求不満をもち、夫との愛情に対して不満をもっている場合、育てられる子供はきわめて危険な条件の下にあるといわねばならない。というのは、母親は子供を通して、自分の実現しえなかった夢を実現しようとするであろうし、夫との間に得られなかった愛を子供から得ようとするからである。あるいは、社会で行使することができなかった支配欲を子供に対して実現しようとするであろうから。女に対して、一人前の市民権を認めず、女に対する差別を当然と考えるような社会が、子供の教育の責任を女に背負わせて、安心しているというのは全く不思議なことといわねばならない。女の精神生活が発展するような条件を女からとり上げた上で、子供を一人前に育てよといっても、そもそも無理難題というべきであろう。つまり社会人として半人前程度にしか認めていない女性に対して、〝立派な社会人を創れ〟ということが間違いであり、誤った〝母性信仰〟のなせるわざなのである。日本の場合でも、私生活の運営の責任者は女性と考えられており、社会人としての場は男性の半分も与えられていない。つまり女は、私生活専門というふうに考えられている。しかし私生活しかもたない人間は、人間の半分にしかすぎず、ボーヴォワールの言葉でいうと「内在」の領域に埋没しているわけである。女の潜在的な欲求不満は、屈折した形で何らかの被害を、無力な子供に与えずにはおかないであろう。現在、日本におこっている種々の問題、子供の自殺、登校拒否、家庭内暴力、拒食症などは、日本の女性の問題と深い関連をもっているといえるだろう。ボーヴォワールの次の指摘は全く正確にあてはまるだろう。「われわれの風習は子供のために大変危険なことをしている。それは、子供を手足をしばったようにしてそっくりあずける母親がほとんど常に欲望不満足の女である、ということだ。性的には、こういう女性は冷感症か、欲望を満たされていないかである。社会的には彼女は男に対して劣等意識をもっている。世界にも未来にも手がかりをもたない。彼女は子供を通してわが人生のあらゆる代償をえようとする。もしひとが現在の女の状況はどの程度にまで彼女のこころゆくまでの開花(能力の発現)を困難にしていて、いかに多くの欲望や、反抗心や自負や要求がひそかにその心の底に巣くっているかを知ったら、無防備の子供がこういう女にあずけられることに恐怖を感じるだろう」。

母親の復讐

この母親となった女性の屈折した復讐は、いろいろな形で現れる。その第一は、過度の支配欲＝サディズムである。彼女らは、子供が成長した後でも、子供が「盲目的に服従することをのぞむ」。子供を「嫉妬ぶかく独占的」に所有したがり「自分以外のものから全くひき離す」。躾という名のもとにある母はヒステリックに、ある母は気まぐれに子供を打つ。「わが子を打つ母はただ子供を打つのみではない。ある意味では全然その子を打っているのではない。こうして男に、社会に、または自分自身に復讐している」。

第二には、逆に一見自己犠牲的な理想的な母親によくみられる「自虐症的献身」である。「ある種の母たちはわが心の空虚(さびしさ)をつぐなうため、またはっきり自覚せぬ敵意で自分を罰するために子供の奴隷のようになる。もう無限に病的な心配をつのらせ、子供がそばを離れるのがたえられない。彼女らは一切の快楽、個人的生活を断念する。その結果は犠牲者らしい顔をつくることができる。こうして自分が犠牲をはらうことにより、子供にも一切独立を認めない権利をえようとする。……母のこうしたあきらめ顔の挑戦は子供に罪の意識を与え、それが彼の全生涯に重くのしかかることが多い。攻撃的なやり方よりこの方がむしろ有害だ」。第一のやり方は、子供を奴隷にするやり方であり、第二のやり方は自分が奴隷になるやり方である。日本の母親の場合は、これほど病的でないように思われるけれども、家庭内暴力は過干渉または放任の家庭からでるという統計がでている。過干渉が第一のやり方、放任が第二のやり方のヴァリエイションとみることができよう。第一、第二に共通することは、母親が子供の個性化を、つまり自由な人格として成熟する条件を抹殺しているということである。しかも、これは必ず愛情という名のもとに行われるのである。

このような被害は、男の子と女の子では若干異なってくる。男の子は、将来、女である母親のもたない特権をもつ存在である。だから女は「男を生むってことはすばらしい」と思う。女は「英雄を生むことを夢みる」。「息子はやがて長に、指導者に、軍人に、創造者になるだろう」。女はその母としての資格において彼の「不朽性に参与する」ことができる。現代のように英雄を求めない時代でも、日本の母親は、往々にして息子に期待をかけ、夫が果たし損ねた出世の夢を息子が果たしてくれることを求める。息子に偉くなってもらいたいという願望と、息子をいつまでも自分の支配下の〝永遠の子供〟にしておきたいという願望は矛盾した願望である。「子供を無限のものにしたい」。しかし、いつまでも自分に依存させておきたい。これは母親の一つのアンビヴァレンス(ambivalence、両価性)である。これは息子の心を混乱においこむ。たとえば、一方では秀才になることによって競争に勝つことを熱烈に求められると同時に、赤ん坊のように甘やかされる場合である。ボーヴォワールは、楽観的に、男の子の場合は、「風習や、社会」が、また父親が、救い出してくれるから「かなりらくらくと脱することができる」とのべているが、現代の日本では、もっと深刻なのではなかろうか。

女の子の場合は、「風習や、社会」はまず助けてくれないであろう。「母は娘のうちには選ばれた階級の一員などを認めない」。まず自分と同類であることを欲する。「彼女は娘のうちに自分の写しを見ようとする」。母親は、娘の他性を認めようとしない。勿論中には、寛大な母親も存在するが、娘の「他性がはっきりすると、母は自分が裏切られたと思う」。娘の母からの独立は、常に激しい抵抗に出会う。

第二に娘に対する母親の態度は矛盾に満ちたものである。母親は「わが生き写しと思っているものを立派な人間にして自分の劣等性の償いをえようと期待している」のであるが、一方、娘が自分を超えていくことに対して、不安と抵抗を感じる。ある母親は、娘に対して「自分とそっくりの運命」をのぞみ、ある母親は反対に「自分に似ることを凶暴に禁じる」。「身持のわるい女はわが娘を宗教学校に入れるし、無智の女は娘に勉強させる」。この娘に対する態度の複雑さは、母親の自己自身に対する態度の「曖昧さ」に原因をもっている。「大部分の女はその女である条件を要求すると同時に嫌悪している。彼女たちは反感のうちにその条件を生きている」。母親は、女であることを嫌悪しているが故に、娘に自分とはもっと別なものになって欲しいと望む。しかし、同時に娘が自分と同族の部類のものでなくなることを決して望まないのである。娘が自分の支配圏から脱出することが最も気に入らないことである。娘が個性化することは、他人となることであり、母親に対しての最高の罪悪である。母親に残された唯一の権力発揮の場を破壊するからである。「情熱的な母であれ、反感をもつ母であれ、子供の独立はその希望をうちくだく。彼女は二重に嫉妬する。わが娘を奪う世界と、世界の一部を獲得することによってそれを彼女から盗む娘とにだ」。「自分のでない影響はすべて悪いのだ」。彼女は、娘のまわりにいて別の影響を与えるもの――友人、教師、友人の母親――に対して「特別の反感」をもつ。

このようにして、多くの母は娘に対して、〝女の運命〟を乗り超えることを一方では望み、他方でうちくだくのである。さきにものべたように、今日の日本で、若い女性の自己確立が、男性に較べてはるかに困難であるという理由の大きな一つに、母親による妨害、あるいは無能があげられねばならないであろう。

母親の役割を果たせる条件

以上で明らかなように、母性に対する無条件の崇拝は、誤った信仰である。世間では、子供の教育に対する母親の責任を口うるさく論議する割に、女の状況に対してはロをつぐんでいる。「世間が女に与えている軽蔑と母によせている尊敬、この二つの和解のうちにはじつにはなはだしい欺瞞がある。女に……男性がいとなむような職業を閉ざし、あらゆる領域において女の無能をはっきり公言しつつ、≪人間の形成≫というもっともむつかしく、もっとも重大な仕事を女にゆだねるというのは許しがたい矛盾だ」。

母親は、子供の肉体を創ることができる。そして、それを養い育てることができる。しかし、これだけで子供を創ったとはいいえない。母親は「自分みずから築かれるべき一つの実存をつくることはできない」。「明日存在しようとするこの他者と彼自身の存在理由を与えることはできない」。子供の存在理由は、子供みずからによってしか与えることはできない。母親は、子供の精神を創ることはできない。しかし、優秀な母は、精神の産婆の役を果たすことができる。

一人の女が完全に母親の役割を果たしうる条件は、その女が「完全な一人格であること、仕事や集団との関連のうちに自己完成を見出すような女であること、子供を通じて圧制的にそういうものを求めようとしない女」であるということである。したがって、母性も、女にとってそれが「自由にひきうけられ、誠実に欲せられ」る時にかぎって、女の真の全的な自己完成の要素となりうるのである。

(3)　女の歴史と運命

道具のとらえ方　『第二の性』第三分冊では、女性の存在を生物学・心理学・歴史学の観点から取り扱っている。ここですべてを扱い得ないので、特に重要と思われる歴史的観点からの考察を要約してみよう。つまり、エンゲルスのいう〝女性の歴史的大敗北〟の原因は何か。ボーヴォワールは、エンゲルスの唯物史観の見解と対比させつつ、独自の見解を打ち出している。

女性の歴史的敗北の原因を彼女は女性の自由人としての出おくれにおいている。彼女の見解の第一の特徴は、原始社会に母系制社会という女性優位の社会が存在したという仮説を認めないことである。「この世界は常に男性の所有に属してきた」。「母性が最も崇われていた時代でさえ、女は母になることによって第一位を獲得することはできなかった。その理由は人類は単なる自然的な種（しゅ）ではないということである」。

人間が人間である理由、すなわち、人間が他の動物に抜きんでて人間となった理由は、自然と本能の限界を乗り超えたことの中にある。〝道具〟は人間の腕の延長であって、つまり彼の腕の限界を克服し、彼の自然の力以上の働きをなすものである。〝道具〟こそは人間の身体の自然的能力の限界を乗り超えさせ、人間の世界に対する支配を拡大させるものである。〝道具〟は自然に対する人間の〝無力〟という呪いを解き放つものである。

男性は、〝道具〟によって、自然による束縛から自己を自由にしていったのに対して、女性の「出産」という行為は、たとえ種の存続のために必要な行為であるとはいえ、「どんな企画も入っていない。女性は「そこに彼女の実存をつよく主張する動機を見出」すことはできない。だから、出産とは「自分の生理的宿命に受身に支配されている」行為である。「動物の雌の場合には発情および季節の周期があって雌の体力が節約されるようにできている」が人間の場合は「適齢期から更年期までのあいだ」何ら制限されず、「幾世紀ものあいだ女の出産は調節されなかった」。この度を越した多産は、資源の量を常に上まわり、「嬰児ごろしや生贄や戦争といったことで、生産と出産の均衡はなんとか保たれ」てきたにすぎない。

同じく種を維持する行為にしても「男性の場合は根本的にちがっている。彼は働き蜂式に単なる生命衝動によって団体を養うのではなくて、彼の動物的条件を超越する行為によってそうするのである。Homo faber（つくる人、生産者たる人間という意味）は原初からして一個の発明家であり、果実をはたき落としたり、野獣を撲殺したりするために腕におびている棍棒や丸太棒は早くも彼が世界に対する支配を拡大する道具である。……維持するために、彼は創造するのである。彼は現在からはみ出し、未来を開く。漁撈や狩猟の遠征が神聖な性格をもつのはこのためだ」。

このようにして、道具の発明は、男性の主体的態度を根本的に変革したとするのがボーヴォワールの見解である。道具を使用することによって、男性は、自然に対する受動的屈従から解放され、自己自身に対する尊厳を獲得したのである。それに対して「女は器具の将来をわがものにすることができなかった」。「女の不幸は、働く男のそばで労働の道伴づれにならなかったために彼女が人間的共存ミットザインから除外されたということである」。「男が彼女のうちに同類を認めなかったのは、彼女が男の働き方や考え方に参加せず、いつまでも生命の神秘に従属していたからである」。

道具と、それをめぐる主体的態度の中に、男性に対する女性のおくれを認める、このボーヴォワールの解釈はきわめてユニークである。道具は、単に人間の労働能力を大きくするばかりではない。人間は「新しい道具を通して新しい要求」をもち始める。「彼が青銅の道具を発見したときには、もはや庭園を開発することに満足せず、宏大な田野を開墾し耕作しようとした」。ここで男性と女性はすでにその欲望と野心において、次元を異にしてしまっている。「女性の無能力は、男性が富を増し勢力拡張する計画を通して女を扱ったから、女性の敗退をもたらしたのであった」。

「生む性」と「殺す性」

ボーヴォワールによると、人間に限らず動物が生むことによって種を維持しつづけること、そのものには新しい価値の創造はありえない。たしかに「種がみずからを維持するのは新たにみずからを創造することによって」ではあるけれども、「そういう創造は単に異なった形態のもとでの同じ『生命』の繰り返しにすぎない」。つまり、動物にとっては生命と種の維持ということが唯一の最高の価値であるが、人間という存在は、この生命という価値の上に立ちつつ、生命以上の価値を追求する存在なのである。「種に奉仕しつつ、人間の雄は世界の外面を形づくり、新しい器具を創造し、発明し、未来を築いていく」。「この超越によって、彼は単なる繰り返しから一切の価値を奪うところの価値を創造するのである」。

このことから、人間の一つの逆説的な行為が導きだされる。すなわち、人間は往々にして、「生きる」ことよりも「生きる理由」の方を選び、「生きる理由」のために、みずからの生命を捨ててしまう。人間にとって「生きる理由」とは、場合によっては生命より大事なものとなる。「人間が自分を動物の上に高めるのは生命を生むことによってではなく、自己の生命を危険にさらすことによってである。人間のなかで産む方の性に優位が与えられず、殺す方の性にそれが与えられているのはこのためである」。さらにボーヴォワールは、この関係を説明するために、ヘーゲルの主人と奴隷の弁証法を援用している。「主人の特権は彼が自分の生命を危険にさらすことによって『生命』に対して『精神』を主張することからきている」。この主人の立場を男性に準(なぞら)え、逆に生命の安全に固執し、生命の危険を避けて屈伏した奴隷の立場を女性に準えることによって、「殺す方の性」の優位を説明している。

この「殺す」という意味は、〃命を賭ける〃とか、〃一身を投げ打って〃と考える方がより正確である。人間が、動物の限界を乗り超える行為は、常に命を賭けるほどの危険を含んだものである。人間の自由は、常にこの危険をひきうけることによって獲得されてきたものである。奴隷は、自分に対する圧迫者に対して、生命を賭けて自由のために闘う場合がある。過去の主人が負かされれば、奴隷は主人になりうる。これに対して女性は「根源的に、『生命』を与えるが、自分の生命を危険にさらさない実存者」である。だから女性は、永遠に生命の中に疎外された存在であり、『実存』によって『生命』を超越する」ことをなしえない。女性は、生命の生産と、日々の生活の繰返しの中に、つまり「生命と内在の領域」の中に、閉じこめられてしまったのである。

女性が「生む性」であること、しかもその機能に対して何の調節もなしえなかったこと、このことは「雌は雄以上に種の犠牲」になってきたことを意味する。人間の自由の発展は、「たえずその種としての運命からのがれよう」とする努力そのものであったことを考えると、男性が自由人として一歩先んじえた事実の根底には、男性の「生物学的特権」＝生まない方の性であったということに外ならない。**一つ**の偶然的特権であった。生むことも、労働することも、基本的には種の維持のためである。同じ種の維持のための役割でありながら、偶然にも一方の性が一足さきに人間の主体性を獲得したのである。

エンゲルスへの批判　ボーヴォワールが、女性の敗退の原因の第一に、男性との主体者としての態度の差を考えているのに対し、エンゲルスは財産関係とそれに基づく権力関係をもってくる。新しい道具の発明によって男性が獲得した莫大な富が、今までの男女の分業のバランスを崩し、女性の働き＝家内労働を無に近いものにしてしまった。つまり男性は生産において主導権をもつにいたった。この生産力の増大は、余剰物資をもたらしたので、戦争で得た捕虜

エンゲルス

を殺さずに奴隷として使うことができた。奴隷は生産に従事するが、何ら「所有」にはあずからない。ここに「所有」(=私有財産)と「労働」との分離が生じ、主人と奴隷との関係が生ずる。これが「階級」の始まりである。圧迫者と被圧迫者、または搾取者と被搾取者との関係が発生する。女性は、男の奴隷とともに被圧迫者となり、「所有」から除外される。財産は父親から息子へと、男から男へと継承され、母権制は崩壊し、家父長制へと移行する。エンゲルスはこれを「女性の歴史的大敗退」といっている。エンゲルスの見解は、女性の劣性の原因を生物としての永遠の欠陥とは考えず、歴史的につくられたものと考える点でボーヴォワールの見解と一致している。

この点を評価しながらも、ボーヴォワールは次の点でこれを不満としている。一つはエンゲルスにおいては、共有財産制からどのようにして私有財産制(=個人所有)が生じたのかという説明が不十分であり、また私有財産制がなぜ女性圧迫となったかという説明も不十分であるという。そもそも、女性と男性との関係をただちにブルジョア対プロレタリアという階級関係におくことは間違いだという。たしかに男対女の関係は階級区分に似ている。「しかし、両者を混同してはならない。階級区分の中にはなんら生物的基盤はない」。女とプロレタリアとの最も大きな違いは社会の生産の中で重要な労働を荷っているかいないかの違いである。「労働において奴隷は支配者に対して自己を意識する。プロレタリアは常に反抗の中に自己の条件を感得する。こうして本質的なものに立ちかえり、自己の搾取者を脅かす。プロレタリアのねらうところは階級に関するかぎりその消失を願うのである」。事実、歴史の中で、被支配者が革命によって支配者に転化するという事態はしばしば繰り返されてきた。道具を運用し、生産に従事するものは、往々にして主人よりもよりよく世界を掌握しうるからである。しかし、女はこのような反抗の手がかりももたないし、世界を動かしうるという自信ももちえないのである。勿論女性が女としてではなく、婦人労働者として振舞う場合はプロレタリアと同じであるが。

しかしいずれにせよ、男に対する女の関係というものは、階級区分と同一ではない。男と女という関係の中に、階級とか、身分という社会的な区分の影響は十分にあるとしても、決して社会とは一体にならない要素がある。「色情の中には瞬間の時間に対する、個人の宇宙に対する反抗があるから、それは社会とは一体とならない」。男と女の情熱の中には、社会の法則とは別なダイナミズムが存在する。国家は、これを直接左右する力をもっていない。できることは、間接的に、女が結婚したり、売春をしたりしなければ生活できないような状況をつくることだけである。

ボーヴォワールのエンゲルスに対する不満は、エンゲルスがすべてを〝所有〟という経済の範囲で説明しようとすることである。つまり、所有と個人の人格との関係がはっきりしないことである。特に私有財産と、個人との関係がはっきりしないことである。ボーヴォワールによると「個人的所有」という観念そのものが、今まで集団の中に埋没していた人間が、個人として立ち現れるという「実存者の根源的条件」があってはじめて可能なのだという。「個人が共同生活から離れると何か特別の物質化を求める。マナ（mana, 物や人に内在することもあるとされる非人格的、超自然的な力）はまず族長の中に、ついで各個人の中に個性化する。と同時に各人は一塊の土を、労働の道具を、収穫を私有しようとする。自己のものとなったこれらの富の中に人間が再び見出すのは自分自身である」。

ボーヴォワールの不満の第二の点は、エンゲルスが道具の意味を単に、技術の進歩＝富の増大という意味にしか捉えようとしない点である。ボーヴォワールにあってはさきにのべたように「道具をもった人間のあらゆる態度」こそ最も重要なのである。ボーヴォワールの視点は、常に実存者の態度の方に向けられており、彼女の基本的問いは、「出発点において男がなぜ勝ったか」ということにある。道具は、単に男の富を増大させる手段であったのではなく、道具が、男にとって動物の限界を乗り超えさせる引き金であったということである。男が最初に無限に自分自身の限界を乗り超えていくという、投企的存在としての人間主体の確立に成功したということ、これがボーヴォワールの説の主要点なのである。

(4) 女の神話――他者性の神話と愛の神話

他者と相互性　『第二の性』第四、第五分冊では、広範な文学的資料を使い、女性に関する神話＝欺瞞的な幻想を取り扱っている。人間社会が、女性を劣った性＝他者として差別した結果、男性と女性の相互性がどのように欺瞞に満ちたものとなったか。どのようにして互いに他性を見失っていったかということを論じている。以下叙述を二つに大別し、他者性の神話では男性の欺瞞を、愛の神話では女性の自己欺瞞を中心に第三分冊をふまえつつ要約してみよう。なお第四分冊には「自由な女」という過渡期の女性を扱った項目があるが、時代のずれがあるので省略する。

「一者」または「同一者」と他者との対立は、もともと固定的なものではない。奴隷が反抗して主人に勝てば、今度は新しい主人になれるように、この二つの対立者は相互に逆の立場に入れ替ることができる。仮にすべての人間が互いに対立し合う意識をもっていると想定したとしても、両者の関係は決して固定することはない。つまり「主体は対立することによって自己を立てる。自己を本質的とし、他者を非本質的なもの、客体とみなすことによっておのれを確立していこうとする」。しかし「他の意識もまた彼に対して同じように相互的に対立しようとする」。相互に相手を他者＝客体にしようとする無限の闘争があるのみである。

人間と人間の間、さらに「村と村、氏族と氏族、国家と国家、階級と階級の間」には多かれ少なかれ、このような闘争や、取引や、契約があり、「そういうことが《他者》という考えから絶対的な意味を消し、それが相対的であることをわからせてくれる。よかれあしかれ、個人も集団も、互いの関係の相互性を認めざるを得なくなる」。敵対的な関係は、取引や、契約などによって平和的な関係になることもあるわけである。

ボーヴォワールにとっての理想は、このような他者とのドラマを経て、平和的な関係＝相互性に達することである。さきにのべたように、他人の自由性と出会うことは、自己の自由の侵害であるよりは、むしろ自己の自由の真の完成である。しかし、互いに自由性である限り、自他のドラマは避けることはできない。主体が意識である限り、意識は「それぞれ自分だけを最高の主体として認めようと望」み、「めいめい他を奴隷にすることによって、自己を完成しようとする」宿命をもっている。このような相剋を通り抜けて、平和的な相互性に達するのは至難のわざである。「この劇（ドラマ）は、両側が相手の個体を自由に認めあうことにより、互いに自分および相手を客体とも主体とも見立てあうことによって克服しうる。といっても、こういう相互の自由の承認をはっきりと実現する友情とか思いやりとかは、容易ならぬ美徳である。たしかにこれは人間としての最高の完成であり、人間はこれを通して自己の真実の姿を見出すのであるが、しかし、この真実はたえず築かれつつ、たえず中止される闘争の真実だといっていい」。「敵意から協力へうつる不断の経過」である。

この理論は、「他人は地獄」という悲惨な人間の相剋の現実に対して一筋の光明を与えている。地獄でないような他者性も存在しうる。しかし、どこにでもあるものではなく、限られた範囲にのみ存する。つまり最高の人間的美徳が築かれた範囲にのみ、また永続的なものではなくて「築かれつつ、たえず中止される」という限りで存在する。今日、平和的な相互性の下で承認しあった人間同士が、明日も同じ関係を保持できるという保証は全くない。明日は友情も、寛大さも消え果てるかもしれない。人間の美徳は、それほど得がたい稀なものであり、不断の努力によってのみ維持されるものだからである。そこには、常に「不断の緊張（テンション）」が要求される。しかし、この努力は、他性の意味の一つの質的転換を成し遂げる。「真の他性とは私の意識と別個であってしかもそれと同一の意識であることなのだ」。人間は孤独から救われるためにも、また自由を完成させるためにも、他者を必要とする。「それ自身としてもちゃんと現存している」他者がそこにあるということを必要とする。他人との相互性に達しうることが、成熟した個人の条件である。

「永遠の他性」神話

しかしながら、女は他者であるという場合の他者は、残念ながら「真の他性」を意味しない。「真の他性」の場合は、常に本質に復帰しうる、つまり本質との媒介を含む他性であるが、女の場合は「本質に決して復帰できぬ非本質」として永遠の他者なのである。それ故に、他者としての女性は、男性とのあいだに相互性を確立することはできなかった。

女が、歴史のある時点で、男性の精神的な同伴者となりえなかったこと、これは一つの経験的事実である。しかし、一つの事実を、普遍的な真理として絶対化すると、そこに神話が生まれ、生きた現実をみる視界を縮小させる。女の神話は、女を「本質に決して復帰できぬ非本質」として固定観念化した時点において成立した。つまり「永遠の女性」という神話が成立した。女の神話があって、男の神話がないということは女に主体性がないためである。「すべて神話が成り立つためには自分の希望と恐れを超越の大空に向かって投げかける『主体』が必要である。女は自己を『主体』として立てないから、自己の投企を反映するような男性神話をつくりださなかった。彼女たちは自分自身の宗教も詩ももたない。夢みるのさえ男の夢を通して見る。彼女たちの崇拝するのは男によってつくりだされた神々だ。……世界の表象も、世界そのものと同様、男たちがつくっている。かれらは世界を自分たちの観点から描き、その観点を絶対的真理と混同しているのである」。つまり男性が、この世の価値観のすべてを握り、その力は人間の夢の中まで及んだのである。これらの価値観や夢の中には、男性的な個性があると同時に、男性の利害が存在する。

神話は、常に支配する者の利害を守り、その支配を永遠化する役割をもっている。男性は政治的、経済的に女性より優位に立つと同時に個人としても、常に女性に対して優位に立つことを神話は保証してくれる。神話が女性を「永遠の他性」と規定づけてしまえば、男性は女性の主体性によって脅かされずに安泰でいることができる。男性は、他の男性との関係において、常に緊張と不安に曝(さら)されている。ある場合には激しく闘争し、ある場合には取引に浮身をやつす。たとえ相手と平和的な関係に達するにしても、「支配者と奴隷の厳しい弁証法」を経て、やっと可能なのであり、その関係は絶え間のない努力と「不断の緊張(テンション)」によってしか維持されない。そして「協力」はいつ「敵意」にかわるかわからない。しかし、男は他人なしに「自己を達成することはできない」。「≪精神の不安≫は自己発展のための代償」である。

不安の中の安心

男は女との関係において、せめてこの不安から逃れ、安らぎを得たいと思う。女を「永遠の他者性」にしてしまえば、つまり、決して自分を乗り超えようなど意図することのない存在にかえてしまえば男は「自由の相互性ということから基因する支配者と奴隷の厳しい弁証法」から逃れることができる。男は女とかかわることで「不安の中に安心」を夢みる。男は女によって自由と自由との闘争からも免れ、しかも同時に孤独からも逃れたいと夢みる。「永遠の他者性」としての女は、「自然の敵意のこもった沈黙も、相互尊重の苛酷な要求も……男につきつけてこない」。女は「中途半端な半透明の意識にまで高められた自然」であり、もともと「従順にできた意識」、または「従順な自由」であることを男は願う。このように男によって規定づけられた女の神話は、男の夢の投影である。

しかし、夢はあくまでも夢にすぎない。夢は生きた現実に較べると、「月並み」で、じつに「貧弱で単調な」ものである。女に関する夢が、生きた現実よりも豊かで華麗になったのは、「男が女を同等者と考える」場合だけである。男が「本質的存在」であり、女は非本質にすぎないとする男の夢は、男の「思い上がった無邪気さ」の産物である。女が他者となったことは一つの偶然である。偶然を絶対化することは、男の安易な願望に叶っている。人間は誰でも「困難は嫌い」だし「危険はこわい」。母親にとって子供の人格の独立は辛いのと同じように、男にとっても女が独立した人格として自分に対決してくるのは厄介で辛いことである。男性中心の社会がひとたび、既成の真理として女を「一方的な絶対の」他者と宣言してしまえば、大部分の男は「くそ真面目」にこの真理を確信してしまっても不思議はないであろう。「神話は、常識的で分別くさい精神が向こうみずにすぐとびこんでしまう虚偽の客観性の罠（わな）である」。男が女との相互性の関係を拒否しようとすることと、これは人間の宿命的弱さということができよう。これは、男が女との自由なるが故の不安な関係を拒否するということである。自由という不安から逃避しようとする傾向は人間の根源的な態度の一つである。フロムはこれを「自由からの逃走」と規定し、さらにマズローはこれを「反価値衝動」と呼んでいる。この衝動は自分自身の成長の可能性を回避し、成長そのものに背を向ける傾向である。自分自身を最大限の可能性に向かって投企するには、あまりにも多くの苦労と不安に耐えなければならないので、そのような困難の可能性を拒否し、安心と安全に逃れようとする衝動である。さきにのべた「くそ真面目な人間」もまた価値判断に伴う懐疑という苦悩を逃れてしまった人たちである。男はたとえほかで苦労しても、こと女との関係においては、安易な道を選んだのである。女との関係は、男と男の関係に較べれば、はるかにとるに足らない関係と考えられたから手を抜いたのである。女の神話は、このような男たちが逃げこむのに格好の概念であった。永遠に自分を乗り超えようと意図せぬ存在を女性に求めるという女の神話は、このようにして、男性の弱点＝人間の弱点——つまり自由から逃走したいという——の上に成立したものである。つまり女の神話は、支配者としての男性の保守性の上に、その退行的な精神の上に成立したのである。

女性の神秘　女とは男にとって、男＝同類と自然という「二つのものの間の理想的な中間物」である。女は一方において聖母マリアに代表されるように男性なる神の忠実な僕（しもべ）としての精神であるが、何よりも自然である生命そのものである。だから、女に対する神話の中には、男の自然に対する態度が要約されている。「男は自然を開発し利用するが、自然によっておしつぶされもする。……自然は男の生命の源であり、また彼が自分の意志に服従させる領土でもある。……自然は味方になり敵になり、さながら生命の湧き出る混沌たる暗闇のように、生命そのもののように、また生命のおもむく彼岸のように思われる。女は、『母』『妻』そして理念として、この自然を要約している」。

男性は、女性なしに生きることはできないけれども、同時に女性を恐れている。男性よりも、より自然に近い女性は、男性の漸く確立しえた実存を生命という内在の世界に引き戻そうとするからである。しかし、内在の世界に引き戻される必然性は、そもそも男性自身の中に存在するものである。すなわち「男は自己の個別的実存を確立し自己の《本質的差異》の上に誇りをもって安坐したがるが、しかしまた自我の境界を打ち破って、水や大地や夜に、『虚無』に、『全体』に、溶けこみたいとねがってもいる」。だから、男性の女性に対する恐れは自己自身に対する恐れでもある。「これは男が自己の肉の偶然性にもつ恐怖を女のうちに投射しているのである」。

したがって男の女に対する態度はゆれ動く二つの相をもっている。たとえば、母としての女性は、一面においては「宇宙の底に入りこんでそこから樹液を吸い上げる根であり、育てる乳である清水のこんこんと湧き出る泉であり、土と水でできた、再生の力に富む泥土である」。しかし反面、母としての女性は「闇の顔」をもっている。「すべてのものがそこから発生し、すべてがいつかはそこへ帰って行く混沌であり『虚無』なのである。……女は昔の舟乗りたちから恐れられた魔の淵だ。大地の内部も闇である。男を呑みこもうと待ちかまえている。繁殖の反面であるこの夜は、男にとっておそろしい」。男は、その創造力によって自然の限界を常に乗り超えるのであるが、女によって再び、母なる自然へと復帰する。しかし、母なる自然は死を含み、その不可解さは解き明かすことはできない。だから男は、自然と女を同時に恐れる。女の神秘には、この生命現象そのものの不可解さが含まれている。

しかし、女の神秘さのもう一つの原因は、女そのものの中味の中途半端さにある。女自身が「自分が何者であるか」を知らない。というのは、いわゆる他者としての女は、人間として存在していないからである。自分自身を一個の人格として存在せしめるものは主体的投企以外にないからである。「人間は彼自身の投企以外の何ものでもない。彼は自己を実現する限りにおいてのみ存在する。したがって彼は彼の行為の全体以外の、彼の生活以外の何ものでもないのだ」（サルトル『実存主義とは何か』）。女が自分自身でも確認できない一箇の曖昧な存在であるとすれば、まして男からみても、女が何者であるのか分かるわけがない。このことは、女性が置かれてきた客観的状況によっている。「女は社会の外辺に立たされているから、この社会を通じて自己を客観的に決定することができ」ない。つまり「多数の女には超越の道ははっきり断たれている」。「彼女たちは何もしないから、何にも自分をできないのである」。女のもつ「神秘の底をわれば中はからっぽである」。

そして、最後に女の神秘とは「奴隷の特性」である。女とか奴隷は、主人の気嫌や、意向によって運命を左右されるのであるから、主人に対してめったに本心を表さない。いつも主人の気にいるように演技しなければならない。彼らは「いつも動かぬ微笑とか謎のような無感動で対することを身につけている」。奴隷に意志とか、感情は不要である。彼らは、自己に対して生まれつき嘘つきであるように強制されている。いつも偽の自己で生きているために、真の自己は育たない。だから、女性が神秘的であるということの中には、女は嘘つきで信用できず、腹の中で何を考えているかわからないということが含まれている。これは女性が、男性の同胞でも、友人でもない、つまり男性社会の外の人間であるということに由来するものである。女性は男に友人や同胞の与えうる信頼や、やすらぎを与えない。ボーヴォワールは、ラフォルグの言葉を引き合いにだす。「おお、若い娘たちよ、いつあなたたちはわれわれの兄弟に、私意や底意のない親しい兄弟になるのか？　いつわれわれはほんとうの握手ができるのか？」。

男は、そもそも自由な人間関係の不安から逃れるために、女との自由同士の連帯としての相互性を避けたのであった。しかしこの相互性の欠如は、結局は、男と女の相互理解を不可能にしてしまったのである。男は、やはり女という他者のえたいのしれぬ不可解さのため、別な不安を背景いこんだのである。

神話の破綻　女の神話は一つには、生命現象の不可思議に由来し、一つには男性の女性に対する欺瞞的態度に由来している。女の神話の中には、往々にして、人間存在の有限性に由来する恐怖が投影されている。女の神話の中には、男性の女性に対する悪意ある解釈が数多く見られる。

しかし、男性の自分勝手な夢は、神話そのものの破綻となって現れる。女の神話の特徴は「相反性(アンビヴァランス)」ということである。すなわち、「女はイヴであると同時に聖母マリアである。偶像でもあれば下女でもあり、生命の源泉でもあれば闇の力でもある。……女は男の餌食であり、男の破滅の源である」。「聖なる母は相関語として残酷な継母をもち、天使のような娘はその反対に堕落した処女をもつ。そこで『生にひとしき母』とも『死にひとしき母』ともいえ、すべての処女は純粋の精神だとも悪魔にささげられた肉ともいえるだろう」。

夢とはそもそも主観的なものである。男の夢も、女の夢も同様である。男の夢は現実の女によって、女の夢は現実の男によってそれぞれ破られる。もし男と女との関係が相互性によって成り立っていれば、男と女は互いに相手の夢を破り合い、修正し合うことによって相互の実像を認識することができる。しかし相互性がなく、男の夢のみが一方的に肯定される状態になると男はかえって女性の全体像を把握できなくなる。男の夢は「うつろいやすく、矛盾だらけ」となる。男が価値体系を独占すると、一見統一ある体系がえられるようにみえる。しかし結果は逆である。すなわち、女は必要に応じて善にも悪にもされる。女は受身であるからこれらの価値づけに対して何の異議をとなえることもできない。「女はちゃんとした固定した概念をなに一つ現さない。女を通して、希望から失敗へ、憎しみから愛へ、善から悪、悪から善への移行が絶え間なく行われる」。これはすべて、女との相互性を拒否したこと、さらに女を除外した男だけの精神の力で、生と死の謎を解明できると考えた男性の思い上がりの結果なのである。

解けない神秘とタブー

以上のように、男は女を支配するにはしたが、しかし女を理解することに失敗したのである。男性は女性を服従させることによって男性社会の中に組み入れた。女性の個性の中で男性社会にとって望ましいものだけ承認した。たとえば、キリスト教におけるマリアは、高い精神的な地位を与えられている。しかしボーヴォワールは、マリア信仰ほど、「男性の決定的勝利」はないという。マリア信仰において、マリアは第一に「肉としての自己」は完全に否認されている。第二に「自分にわりあてられた従属的役割を受理」している。すなわち「≪われは主の婢女なり≫。人類の歴史始まって以来、初めて母がその息子の前に膝を屈する。母はみずからその劣等性を認める」。マリアの精神性は、女性であるが故に、男性である息子の精神性の従属的役割を受け入れねばならない。このようにして初めて女性であるマリアは讃えられる地位を与えられた。このマリアの性格は古代の女神と較べてみるといっそうはっきりする。「イシュタルやアスタルテやシベールといった古代の女神は残忍で我儘で淫蕩だった。つまり強力だった。死と生の源泉たる彼女たちは男を産んでそれを自分たちの奴隷にした」。同じ母でも、男性支配の徹底した社会と、まだ女の原始的な威力が残っている社会とでは非常に異なることに注目すべきである。たとえば、日本なども、公式社会では男性優位であるが、非公式な私生活では、≪母子中心家庭≫といわれるほど、原始的な意味での母性の支配は強力である。

一般に「女性的要素はそれが自然のままであるほど威力と被害を含んでいる」と考えられている。女性のもつ要素の中で、男性社会に組み入れられない部分、これが問題なのである。男は女を支配しても、支配しきれない部分が残る。これは女のもつ魔力と考えられる。女の魔力は母性に限らない。ローレライの伝説にあるように、女は男にとって抗(あらが)いがたい魔力をもっている。つまり女という他者の中には「いくらそれを併合しても、他性が残る」のである。

だから、男性社会は女を決して「自然のまま放置」せず、「禁忌(タブー)で包囲」し、「儀式によって清め」る。「男は、女には決してその本来のままの姿に近づくな、儀式や聖礼を経てからにせよ、と教えられる。この儀式が女を大地や肉からひきはなし人間に変身させるからだ」。自然のままの女は、「その歌声にひかれた水夫たちを暗礁に衝突させた人魚」であり、「自分を恋慕う男たちを獣に変えたキルケ、漁夫を沼の底へひっぱりこむ水の精(オンディーヌ)」である。ヴィーナスの楽園とか、妖精たちの国とか、竜宮城とか、それらに捕えられた男性は、意志の力を失い、男性社会の市民としての能力を失ってしまう。男は超越への力を失い「内在の闇」の中に埋没する。これらが自然のままの女のもつ恐ろしい魔力である。

聖母マリア

しかし問題は、禁忌(タブー)や、儀式を始めとする外からの強制力でもって、本当に女を変えられるのかということである。男性社会は女の魔力を一時抑圧することはできる。しかし、女を変えることはできない。女を変えられるものは、女自身の自発性以外にありえない。女が魔力を捨てるのは、男性社会が女をその正式の一員とする時である。「彼女が自分のもっている力を、男たちの社会を通して未来の中へ超越の働きを伸展するために用い」る時である。女が社会の正式の一員になれば、女はその社会を破壊しようとしないだろうし、男を自分のものにするために男を無理やり社会の外に引きづり出さなくともよくなるからである。女の神秘、女の他性の謎は、女性を抜きにして解くことはできないであろう。男の助けは勿論不可欠であろう。しかし、女自身が、自分は何者なのかと問うことなしには解けないであろう。

男は女を服従させることはできる。しかし、女は「家庭や社会に組み入れられると、女の魅力は変貌するというよりは消えてしまう。娉女の状態におさえつけられた女はもはや、自然の豊かな財宝がやどる奔放な獲物ではなくなった」。「結婚は愛を殺す」。女は男の社会に無害な自然として、組み入れられたとたんに、女本来の魅力を失ってしまう。男にとって、女は手に入れたとたんに別のものと変質してしまう。ちょうど青い鳥をつかまえたとたんに青くなくなるのに似ている。しかし、これは男が女の真の存在を無視したことの正当の報いである。

神秘でなくなるために　ボーヴォワールの理想は、男と女が互いに二つの存在としてぶつかり合う道である。男も女もともに、内在であると同時に超越であらねばならない。男も女も互いの自由の相剋を避けてはならない。女との人間的なドラマを恐れない精神のうちにこそ真正の女を発見する道があり、女からより豊かな精神を学ぶことができる。そのような勇気をもった男にとって女は何ら神秘ではない。ボーヴォワールはこの種の男性の典型としてスタンダールを常に筆頭にあげる。彼女は次のようなスタンダールの言葉を引用している。彼は女は「それ自体として男より劣ってもいず、優れてもいない」という。そして彼は、男性社会からのけ者にされている女が、「おもしろい逆転作用」によって、かえって高貴な精神をもっていることを発見している。「金、名誉、地位、権力」などという偶像のために「じつに多くの男たちが、自己を見失っている」のに対し、「女は男ほどにはそういう事柄のために自己を見失わない」ことをスタンダールは発見しえた。彼が作品に描いた女性はどれもみな「自由で真実な存在」であった。これらの女性は「分別くささの罠」に陥らなかったために、情熱的であり、情熱のために生命まで賭ける女性たちである。スタンダールは女を一つの自由として理解しえたのであった。だから彼にとって女は少しも神秘でなかった。

そもそも、神秘ということに関していえば他人の心のうちは常に神秘である。つまり「各人は自己に対してのみ主体であり、各人は自己だけを内在の中に把握できる。この観点からすると他者は常に神秘である」。男と女の間では、生物としての個性が異なるからいっそう神秘である。「しかし、よく神秘と呼ばれているのは、意識の主観的な孤独でもなければ有機的生命の秘密でもないのだ。その言葉は相互の伝達というところに真の意味は関係している。……女は神秘だということは女が沈黙しているということではなく、女の言葉がよく聞こえぬということなのである」。たとえば「女でも友人や同僚や仕事の協力者としては少しも神秘的でないことは注目すべきである」。

要は、男性の側に女を精神的な存在者として発見しようとする意志があるかどうか、つまり女性の自由に呼びかけようという意志があるかどうかということである。さらに呼びかけられた側の女性にそれを自由性への呼びかけとして受け止めることができるかどうかということである。女に対し最初から所有すべき客体をしか見ようとしない男には、女の自由性などあっても見えるわけはない。はじめから、この種の男性は、女に対して「言葉」をもっていない。また女の側にしても、もし自由への意志をもっていなければ、つまり男に対して享楽への欲望しかもっていなければ、たとえ男が「言葉」を発しても聞きとる耳がない。男にとって女が神秘的でなくなるのは、この「言葉」＝自由への呼び声が受け止められた時である。同僚とか、仕事の協力者の場合は、彼らの性別に関係なく、共通の「計画」のために行動しているのであるから「言葉」が通じていることが前提となっている。仕事の相棒とは、互いに了解可能であるという信頼があって成り立っているからである。

個の確認を求めて

さらに、男という存在は、女に対して「永遠の他性」を求める一方、「真の他性」を求めようとする潜在的願望をもっている。なぜならば、男は、他の男から承認されるだけでなく女からも承認されたいと思うからである。女の目を媒介として、自分の男性的な個性を確認することは大変快いことだからである。まなざしとは相手を無視して客体にすることもできるけれども、また逆に相手の存在をあらわにする役割をも果たす。女の美貌は、男の感嘆のまなざしによっていっそう光り輝き、騎士の勇敢な行動は、貴婦人の讃美によっていっそう栄光を増す。他者とは自分を殺しもするが、同時に生かしもする。女は男にとって他者である。しかし女の「対象としての機能と審判者としての機能とは切り離せない」。女は男の存在を映し出す鏡である。しかも判断力をもった鏡である。判断力とは外ならぬ精神的能力である。男は女を「永遠の他者」として、その人格を否定しつつ、同時に審判者としての人格を求めているといえよう。「男が『他者』を夢みるのは、それを所有せんがためだけでなく、それによって確認されたいためもあるのだ」。

男がなぜ、男だけの世界での評価で満足しないのだろうか？　これは大変面白い問題である。一つには男の世界は大変緊張に満ちていて、眺めるだけの余裕のないことが考えられる。「男たちは協力や闘争の関係に没頭しすぎて互いの見物人になれない。……女は男たちの活動からはなれて競争や闘争に自分は加わらぬ。女の立場はそのままこの凝視の役割を演じやすいようにできている」。とすると女に求められているのは、傍観者＝第三者としての客観性ということになろう。

しかし、この理由はもっと深いところにある。たしかに、男性が男性社会で得る評価は「客観性」があり、「普遍的な尺度」によってなされている。「男のまなざし」は「抽象的な厳しさ」をもっている。男性は勿論、この男性社会という集団によって与えられる評価を認めている。しかし、集団の与える評価は結局は、集団に対する貢献度、集団の中でもっている力の度合いによって決められる。だから、集団は、個人を集団との関係において評価できるが、個人を個人そのものの目的意識から、評価することができない。集団は、個人を集団のかかげる価値に照らして評価できるが、個人を個人そのものの価値において評価することはできない。したがって男が女に求めるものは、女の目の中に、彼個人がそっくり映し出されることなのである。個人を個人そのものの目的意識において思考しうる能力、これは女のもつ「本質的な特質である」。たとえば、母親は息子を国家のために役立つ人間になって欲しいと願うよりもまずさきに、息子の個性が完全に実現されることを願うであろう。それ故に男は「女によって、彼は他者として、最も深い自我でもある他者として自分の目に映るという奇蹟を経験する」ことを望むのである。男が、まだ個人としての自覚をもたず、男性集団に埋没している段階では、つまりまだ「自己の運命に無関心」の間は、女は男の「享楽の対象たる雌」にすぎない。しかし、「男が個性化し自己の個性を要求すればするほど、それだけ彼は妻の中にも個性と自由を認めるようになる」。

「真の他性」

ボーヴォワールは、この他者確認の典型的な例としてマルローの文章を引用している。キヨ（男）は伴侶であるメイ（女）についてこう考えている。「……世の中の男たちは俺の仲間じゃない。彼らは俺を見、俺を裁く人間だ。俺の仲間は俺を見ないで、俺を愛してくれる人間だ。俺が失敗しても、またたとえ裏切ることがあってもそれにかまわずに俺を愛してくれる人間だ。……俺がした行為とか、俺がこれからするであろう行為とかをではない。そうだ、俺が俺自身を愛するかぎり俺を愛してくれる人間だ。いっしょに死ぬほどに」。メイはキョにとって、「真の他性」、つまり「私の意識と別個であってしかも同一の意識」となっている。別人格的ではあるが、全面的に、全人格的に私を抱括してくれる他人である。二人の間には、神話につきものの〃ウソ〃がない。「キョの態度を人間的な感動的なものにしているのは、それが相互性をもっていて、彼がメイに彼をその真正のすがたにおいて愛することを要求し、彼女が彼のよろこぶようなあまい姿を反射することを要求しないことである」。

他者性の神話を解消する道は、このように男と女が互いに「真の他性」となっていくことである。女は「男性のナルシスが姿を映す鏡」であってはならない。女は偽の他者であることをやめるべきである。「神話を拒否することは、両性間のすべての劇的な関係をこわしてしまうことでもなく、女という現実を通じて男が正しく発見する意義を否定することでも決してない。それは詩や愛や冒険や幸福や夢をなくしてしまうことではない。ただ、行動や感情や情熱が真理の中に基礎づけられるのを求めることなのである」。

男性と女性との間には依然として異なった個性のもつ魅力は残る。互いに対する魅力の中には、うす気味悪さとか、騙されるのではないかという恐怖や、猜疑心がなくなるだけである。

「偉大なロマネスク」

恋愛論とか、結婚論というものは、古来思想の名に値いするとは考えてこられなかった。なぜなら、恋愛とか結婚などは私事の世界で起こった出来事にすぎないのだから、国家とか公的世界での大きな出来事に較べれば、論ずるに値いしない事柄だと考えられてきたからである。しかし、恋愛は詩や音楽、小説を始めとする芸術の分野では第一級のテーマである。感情は多分正直なのであろう。しかし思想の世界では、恋愛などという私的感情は、人生のほんの一部であり、いわば必要悪の一つであって、ないに越したことはないと考えられてきた。過去の思想のほとんどすべては男性によって創られてきたものであるから、思想のすべては、男性的な価値観によって創られていたのである。さらに、過去の歴史の中で、人間的存在という観点からみれば、女性は無に等しかったので、女性とのかかわり合いなどは問題にされなかったのである。女性とのかかわり合いが、人間対人間の問題であるという自覚はなかったわけである。スタンダールの恋愛論は稀な例外である。

このような状況の中で、女性であるボーヴォワールが恋愛について論じていることは大変意義深いことではなかろうか。女性哲学者の成し遂げた功績の一つといえよう。

ボーヴォワールの考え方は、スタンダールの考え方とほぼ重なり合っているかのようにみえる。両者とも、大いなる恋愛、つまり「偉大なロマネスク」を恋愛論の頂点においている。ひとことに愛といっても、無数の段階がある。全人格を賭けた出会いといったものから、単なるのぼせ上がりにすぎないもの、気晴しにすぎないもの、一時的な欲望の満足にすぎないものなど、さまざまである。つまり愛といっても、その人間的な質の度合いは沢山の段階をもっている。それは、当人の情操のレヴェルの高低によっても異なるし、また人格の成熟の度合いにおいても異なってくる。

ボーヴォワールとスタンダールに共通する点は、「偉大なロマネスク」というものを、人間の感情の中で最も高邁なものの一つと考えている点にある。「偉大なロマネスク」は、男と女の全人格を賭けた出会いであり、生命を賭けるに値いするものと考えられている点である。彼らは「偉大なロマネスク」の中に情熱の純粋さを見出す。人々は一般に、出来合いの分別くさい価値の中に埋もれて暮らしている。世間的ないろいろの分別のために、また世間に対する虚栄心のために、自分の真実の心、真実の情熱を殺してしまっている。結婚がもっぱら便利さと打算のために行われる世相の中では、情熱の純粋さは全く問題外である。真実の情熱は、これらの世俗的分別、世俗的打算を乗り超えた地点で輝きでる。真実で自由な感情が、これらの障害をかきわけて現れ出た時、もはや両性の社会的地位、身分の差別は問題でなくなる。女の社会的地位がたとえ低かろうとも、女はその情熱の高邁さと純粋さにおいて男と同じ地平に立つことができる。社会制度がたとえどんなものであろうとも、情熱はその固有の真実を貫き通す。魂の真実の方が愚劣な社会制度の枠を乗り超えてしまう。スタンダールは、このような感情の奇蹟――稀にしかありえないのであるが――に「偉大なロマネスク」をみたのである。

スタンダール像と「真の恋愛」

しかし、実際の社会は多くの場合は、これらの詩的な理想を育成するよりはむしろ窒息させる風土によって成り立っている。女との関係を真面目に考えることは、むしろ男の恥とさえ考えられている。女にしても、詩的な理想を追求することよりも、打算

スタンダールの戯画

に従う方が利口であると考えられている。もし、「偉大なロマネスク」、大いなる恋というものがあったとしたならば、それは誤謬であり、挫折である。女を人間の座から締めだしている社会にロマネスクという詩的な価値の占める席はないからである。だから「詩が挫折から生まれるようにロマネスクは過誤からほとばしり出る」。ボーヴォワールによるとスタンダールの世界は、このような誤謬を犯す人間とそうでない利口な人間に色わけされている。ボーヴォワールはスタンダールが最も嫌ったのはそういう利口さ「分別くさい精神」であるという。「金、名誉、地位、権力」という偶像にしがみついて「おのれのうちに一切の生命と真実の輝きをおしころしてしま」っている男たち、「出来合いの考えや借物の感情をつめこみ、社会の慣習に服従し、内はからっぽの人物」、「貞淑ぶる女やその特徴である偽善」、等々にスタンダールは嫌悪を感じていたという。スタンダールは、むしろ女にこそその反対を求めたのである。「まず分別くささの罠に陥らぬこと。世間でいわゆる重要とされている事柄から女はのけ者にされていることから、女は男ほどにはそういう事柄のために自己を見失わない。スタンダールが何よりも高く評価するあの自然さ、あの無邪気さ、あの高貴さを女の方が失わずにもつことが多いのだ。彼が女に認めるのは、今日われわれが真正さと呼ぶところのものである」。これらの女性はみな「自由で真実な存在」である。「彼女ははげしい感動を感じうる高貴な心をちゃんともっていた。……彼女の内にかくれているこの焔の熱は外側からはほとんど感じられない。が、彼女の全身が燃え上がるにはほんの一吹きで十分なのである。……彼女たちは自分の真の価値の源泉は外の物のうちにはなく、心のうちにあることを知っている」。「わが自由を純粋に保存しておいたこれらの女たちは、いったん自分にふさわしい対象に出会うと、情熱によってヒロイズムにまで高揚する」。

彼女たちは一見、田舎の偏狭な環境の中に埋もれている無教養な女である。彼女たちの中に現れ出た情熱は前もって予期しなかったものである。彼女たちの自由は、この情熱を貫く闘いを始めた時に開始される。その時「どんな法（おきて）も、どんな手段も、どんな分別も、外から与えられるどんな範例も、指導力になってくれない」。決断は一つの勇気以外の何物でもない。「レナール夫人（『赤と黒』の女主人公）は彼女のもっている道徳にそむいてジュリアンを愛する。クレリア（『パルムの僧院』の女主人公の一人）は彼女の理性に反してファブリスを救う」。彼女たちの「自然で、自発的で真正」な感受性が、社会制度、または世間がきめた女のあり方——つまり半奴隷的な「他者」としての——の限界を突き破ってしまう。一度目覚めた真実の自己性は、たとえ世の掟に反してでも、また行きつく先が死であっても自分を貫く。偽の自己よりも、真実の自己を選ぶ。つまり、「生きる」ことよりも「生きる理由」を選ぶのである。ここにおいて女はもはや「主と奴」の中の「奴」ではなく、男と同じく自由な主体性である。女は、愛という人間関係の中で自由な主体性に達したということができるであろう。

「偉大なロマネスク」の特徴は、出会った二人の人間の人格が根本的に影響をうけるということである。つまり昨日まであった自分とは別の人間が出来上がる。ジュリアンと出会ったレナール夫人は、かつての信心深い女とは別な女になっている。そして「レナール夫人のそばにいるジュリアンは、自分がなろうと決意していたあの野心家とは別の人間になる」。つまり「恋愛は彼の生命を一変させる」。「女を通して、女の影響の下に、女の行動への反動により」これらの男たちは「人生修業をし自己を知る」。「女は試練、報償、裁く者、友達」である。

ドン＝ファン的な誘惑者にとって、女によって自分が変わるなどとは思いもよらないことである。逆に女から見ても同様である。互いに「表面的な欲望」しかもたなければ、愛とは互いに相手をものにする面白さ以上の何ものもない。彼らは互いに偶然の「他者」を求めているだけである。彼らは、男と女の間にも個性と個性の出会いがありうるなどと考えることすらしないだろう。

今日のような自由な世の中になって、恋愛もいっそう自由になってもなお、「真の恋愛」というものは大変少ないということは皮肉なことである。「偉大なロマネスク」に憧れること自体流行おくれになっているかもしれない。がその時は、間違いなく、個人というものが平板になってきた証拠であろう。ボーヴォワールも「今日のように各個人の問題は第二義的のものとなりつつ時代」では、「他者」そのものが必要でなくなるとのべている。まして「他者」の中の「他者」＝必然的他者を求めるなどとは気狂いじみた時代おくれということになろう。

永遠の愛という幻想

愛は男からみた場合、女とかかわるという理由で過小評価されるが、逆に女にとっては〝価値ある存在〟としての男性とのかかわりとして過大評価されがちである。女の愛についての幻想の源は、この過大評価にも発している。ボーヴォワールは、愛という感情が高邁な感情にまで達しうることを主張して、ともすればこれを過小評価しようとする傾向に反対する一方、過大評価に基づく幻想に対してもその仮面を仮借なく剝ぎ取っていく。女性であるボーヴォワールは、ロマネスクとしての愛の価値を最大限に評価しながら、愛の中に忍びこむ欺瞞、女性が愛の名において犯す欺瞞に対して容赦をしないのである。

愛が永遠であると思いこむことは女のもつ詩的な幻想の一つである。世の中に完全無欠で、絶対の愛が存在するとか、愛という絶対に動かない調和があるべきだという志向がある。これに対してボーヴォワールは反対していう。「〝永遠の〟ということは永久に変わらずにそのままで静止しているということである」。ボーヴォワールによるとこれは、絶え間なく超越を企てる人間存在の現実に合致しない。幸福とは超越という運動の中に存在するのであって、「静止」した「楽園」の中にあるのではない。「人間が企てである以上、人間の幸福は、人間の快楽と同様、企業でしか」ない。愛という名の幸福が絵にかいた餅のように「人間以前に、人間なしで、世界に存在している」などと信ずる人間こそ「くそ真面目な人間」である。それは「贋の客観性の幻影」にすぎない。人間とは「自分の熱望していた目的に達」したとたんに次の企てにでる。「動かない楽園はわれわれに永遠の退屈しか約束」しない。人間の詩的な幸福とは、自由のあるところにのみ存在し、自由とは絶え間のない超越という運動の中にしかありえない。調和とか、充足は常に一時的であって、つまり相対的なものであり、運動の方こそ生きた現実である。たとえ最高の調和でも「築かれつつ、たえず中止される」。それは不断の努力、「不断の緊張」のたまものに外ならない。

調和そのものの絶対性を望むあまり、調和の瞬間を永遠化しようとする試みは常に失敗せざるをえない。これは一つの完全癖であって、現実に適応できないどころか、現実そのものを破壊する執念となる。絶対でないという理由で、現実の不完全な人間関係を破壊していくからである。絶対を求める愛は、結局は〝死〟につながる。「もし恋人が二人とも情熱の絶対のなかに呑みこまれてしまったなら、自由はすべて内在に堕落し、その時には、死以外に二人にとって解決の道はなくなる。これが『トリスタンとイズー』の神話のもつ意味の一つである。ひたすら相手のみをめざしている恋人同士はすでに死んでいる。彼らは退屈で死ぬ」。

生き生きと自由に活動している人は、恐らくこのような静止した夢に執着することはありえないだろう。このことは、散文的な現実に絶望し、「内在」の世界で退屈しきっている女性の生活と深く結びついているものと思われる。幻想をもつことは人間本性の傾向であるとしても、幻想が神話化され、絶対化されることに問題があり、災いが倍加されるのである。静止は生の沈滞であり、自由の死である。自己の自由を殺したままで永遠の幸福を望むということが、現実の無視なのであり、自由へ背を向ける安易な衝動なのである。

る。女は自分が存在するために、男から気にいられようとする。事実、恋に取り憑かれた男の目はたしかに、女の存在を呼びさましてくれる。「男性のまなざしのなかで、女性はついに自分を見出したように思うのだ」。「恋愛を通して、女の顔も、その肉体の曲線も、幼時の想い出も、古い涙も、着物も、習慣も、その世界も彼女というもののすべてと、彼女に所属しているもののすべてが、偶然性から脱けだして、必要なものになる。彼女は彼女の神の祭壇の下にささげられた見事な供物なのだ」。男に望まれた女は、このようにして男の関心の続く間、価値ある存在となる。今まで何の価値もなかった女が、男とのかかわりを通じて、存在という光に照らされた空間に浮かび上がる。恋は一つの魔術である。魔術にかかった恋人の目には、互いに相手が世界の中で唯一無二の個性をもつ存在に映る。女は恋人の目に映った自分の美貌と個性にうっとりとすることができる。

愛される幻想

自分だけでは無価値な女にとっては、男とのかかわり合いが価値のすべてとなる。

しかし問題は、この幸福は必ず、すぐに過ぎ去ってしまうということである。恋の陶酔が永遠に続くということは不可能である。具体的には、男の心移りによって終わる。「恋の傲慢な陶酔が過ぎされば、不在の空虚の中に、不安という苦悩がまじりこむ」。ここから自分の運命を相手の気まぐれ一つにまかされている女性の苦悩が始まる。女の生涯は、男のまなざしが自分に向けられるのを〝待つ〟ということにつき、女の恐怖は男から〝捨てられる〟ということにつきる。なぜなら「欲望された女はたちまち望ましい望まれた客体に変えられる」が「なおざりにされた恋する女は

≪ただの肉身に墜落する≫」からである。恋する男に捨てられた女はただちに無になる。これが、恋することしかできない女の宿命である。これは「自分の運命を自分自身の手で切りひらこうとしなかった人間に加えられる厳しい刑罰である」。つまり、もし女が自分自身の存在をもっていたとしたら、失恋は女にとって必ずしも全存在感の喪失を意味しないだろう。たとえば、スタンダールにとって失恋は何年も心に残ったがそれは「彼の人生を破壊するというよりもそれに美しい味わいを与える悲しみ」となった。

いずれにしても、愛が女の生き甲斐であるという幻想は破れる。一つには愛そのものが終わることによって、二つ目にはたとえ男でも女の存在まで与えることはできないという事実によってである。自分を存在させうるのは自分のみである。恋とか、愛そのものは人を救わないからである。恋という魔術の中で、男の意識に浮び上がった幻像はたしかに一時的に女に存在感を与えはする。しかし、それはあくまでも存在の幻影である。ただ愛されているというだけでは、自分が存在しているという証明にならない。昔から愛は移ろいやすく儚いといわれてきたが、それは女という他者依存的で、受身の人間の感ずる存在のもろさを表す言葉だともいえよう。

ひそかな打算

女は愛されることとの儚さに満足しているわけではない。ボーヴォワールは女は愛という絆の中に、女に許されたただ一つの能動性を発揮するという。他の方面では発揮できない情熱の燃焼を、愛一つに賭けようとする。彼女は、価値ある存在である男性に献身することによって、その価値を男性とともに所有し、男性のもつ存在に参与しようとする。そして男性とともに世界の一隅に加わろうとする。この際、女に出来る能動的行為は献身という自己放棄である。男は、愛という絆によって彼女と合一してくれ、彼女に価値ある世界を触れさせてくれる媒介である。つまり女は、男という神を通じて存在の世界に達しようとする。

ボーヴォワールはいっている。「恋する女の最高の幸福は愛する男性によって彼自身の一部と認められることである。彼が《私たち》というときには、彼女は彼に結びつけられ彼と一心同体し、彼女は彼の威信を分けもち、彼といっしょに世界の残りの上に君臨する。……世界において追求する目的に向かって自己を投企し、彼女にあるべき姿のもとに世界を回復してくれる絶対的必要な存在にとって不可欠な存在になることにより、恋する女は自己を放棄しつつ、絶対のすばらしき所有を体験する。……見事な秩序をもつ世界でちゃんと自分の位置が与えられた以上、それが二番目の地位でしかないことは彼女にはほとんど問題ではない」。

愛の幻想がまだ受動的なレヴェルにすぎない時、愛は儚いものという認識とともにあるわけであるから、それほど現実と遊離しているわけではない。愛とはそもそも情熱の高揚を伴うものであるから幻想を伴っても、それはきわめて人間らしいことである。しかし、とボーヴォワールはいう。愛の幻想が宗教的確信まで強化されると、これはむしろ単なる幻想の域を脱して自己欺瞞の領域となる、と。

なぜなら、女は男を神にすることによって自己の自由を男にゆだね、自由という重荷を放棄しようとするからである。しかも自己放棄という犠牲と交換に、男が自由という労苦によって手に入れたものを楽々と手に入れようとしている。さきにのべたようにここにも、献身という行為の中に「まぎらわしい意味」がまざりあってくる。ボーヴォワールは交換に何かを暗に要求するというひそかな打算を含む献身と、自由な贈与を区別している。そして自由な贈与をなしうる者は、自由な人間のみであるとも規定している。自由でない人間、たとえば献身しかできない人間のなす献身はすべて「まぎらわしい」ものである。自由でない女が、献身の代償としてどうして何も求めないわけがあろう！

女の自己消滅の夢は、「実際は存在しようとするはげしい意志である。あらゆる宗教で神に対する崇敬は信者にとって自分自身の救済の心配と溶けあっている。偶像に自分を完全にゆだねてしまうことによって、女は、自己の所有と、偶像のうちに要約されている世界の所有とを同時に与えられることをのぞんでいる」。女の欺瞞は、この虫のよい交換の要求＝ひそかな打算を意識していないことの中にある。

自由の破壊　ボーヴォワールは愛することによって救われるという幻想はいずれにしても長くは続かないという。人は他人を救うことはできないからである。男といえども「彼の崇拝に一身をささげている女性を正当化すること」はできない。自分の存在を救いうるものはただ一人自分のみである。女はいかに献身しても他人の自由を盗むことはできない。恋する女の誤り

ウーマン－リブのデモ

は、他人と自分との境界を消滅させうると考える点である。彼女はかつて恋の中に、自分自身の存在を発見しようとしたのであったが、逆に恋の中に自分自身を失っていくのである。「出発点にナルシズムの崇高化といったかたちをとっていた恋愛は、献身の苦しい喜びのうちに完成され、しばしば自虐にまで導かれることがある」。他人と自分との境界を消滅させる試みは、まず自分自身の自由の破壊であるが、これは同時に相手の自由の破壊へとつながっていく。つまり「彼女は彼を通してしか生きようとは思わない。が彼女は生きようと思う。彼は彼女を生きさせるために一身をささげねばならない」。このようにして「贈与は要求に変わる」。これは献身的な恋する女のみならず、献身的な母親にも共通する論理である。要するに「彼女はうるさい嫌われ者」になる。ここで彼女は一つの自己矛盾につきあたる。彼女が男の中に最初に求めたものは、男のみがもっていた自由と超越であった。彼女は「自分の超越を男性に託することによってそれを救おうと」したのであった。そのために、男は自由でなければならない。しかし、彼女は献身によって男を自分の囚人にしようとしている。「囚人になってしまえば、神はその神格を奪われる」。彼女は「二重の不可能な要求」という矛盾に引きさかれている。「自分の恋人が完全に自分のものであって、しかも他人であることを望」んでいるのである。

恋する女の自己欺瞞は、主体放棄のみにとどまらない。もうひとつの彼女の欺瞞は、相手を偶像化することによって、相手の真実を受け入れないことにある。これはちょうど、男が女の神話をつくることによって、女の真の存在を無視したのと似ている。女もまた男を偶像化することによって、男との相互性を拒否したのである。このような男と女との関係には友情が成立しない。男と女の断絶は、男によってもつくられたけれども、また逆に女によってもつくられる。「彼女は彼の前に香をたき、ぬかずくが、彼女は彼にとって友ではない。彼女には男がこの社会では危険にさらされていること、彼の計画や彼の目的も彼自身と同じように傷つきやすく、弱いものであるということが理解でき」ない。「恋人に人間の尺度をあてはめたがらぬこと」、つまり恋人は「崇拝されなくなれば——足蹴にされる」。「彼女が彼に貸し与えた姿にもし彼が一致しないと、失望し腹をたてる」。だから、生きている男性はいつも「宿命的に彼女たちの夢をぶちこわす」。

愛の神話からの解放

夢がこわれたあともなお執拗に夢にしがみつく女——偏執狂の女——は「精神病院に通じる」。それほど偏執的でも、勝気でもない女の場合は「諦める」。その時、詩は散文にかわる。散文的な現実の前にすべてを諦める。「彼女はすべてでもなければ、必要でもないのだ。だが、役に立つというだけで十分ではないか」。詩的な視点は、功利的な視点と交代する。たとえ、男と女の関係に夢がなくとも互いに「役に立てば」夫婦の関係は成り立つ。男は生活費をかせぎ、女は家政婦として有能であれば、たとえ精神的に断絶しようとかまわないではないか。「役に立つ」ということが社会の中心の価値であれば、男女の間もそうであってどこが悪いのか。

このようにして、男と女の間が自由であって、しかも夢があるということはまことに珍しいこととなる。女が自分の力で生きるようになることは、この可能性を増大させる一つの鍵ではある。つまり、女が自分自身の力で愛の幻想から自分を解放し、愛の名のもとでの自己欺瞞から自分を解放しうるほど人間として成長した時、夢は自由と結びつくだろうとボーヴォワールは考える。「女性がその弱さのうちにでなく、その強さのうちに、自己を逃れるためにではなく、自己を見出すために、自己を放棄するためでなく、自己を確立するために、愛することが可能になる日がくれば、その時こそは、恋愛は彼女に対して男と同じように、生命の泉となり、致命的な危険ではなくなるだろう」。

愛が、その本当の意味を現すのは、女が愛という神話から解放された時である。女が、人生の挫折の救済として愛を求めなくなった時である。愛は、それを荷う女の自由な主体性が実現した時、花開くものである。ドイツの詩人、シラーは「美は自由の娘である」とのべているが、この逆は成り立たない。感情の美しさは、精神の自由の結果である。「真正の愛は二つの自由が互いに相手を認めることの上にうちたてられねばなるまい。そのときには、両方の恋人がお互いを自分自身として他者として経験しあい、どちらも超越を放棄することなく、またどちらも自己を不具にすることなく、相たずさえて世界のうちに価値と目的を発見するだろう。両方にとって、恋愛は、自己を与えることによって自分自身を啓示し、世界を豊かにする行為になるであろう」。

『老　い』

ボーヴォワールの人間論

「老い」とは、いつの日かわれわれ人間の行きつくべき未来である。しかし、われわれは一般に「老い」という惨めな未来を考えまいとする。ボーヴォワールはそのような態度の中に、未来の不安から逃避しようとする人間の自己欺瞞をみるのである。彼女はいう。「ごまかすのはやめよう。われわれの人生の意味は、われわれを待ち受けている未来のなかで決定されるのだ。われわれがいかなる者となるかを知らないならば、われわれは自分が何者であるかを知らないのだ。この年老いた男、あの年老いた女、彼らのなかにわれわれを認めよう。もしわれわれの人間としての境涯をその全体においてひきうけることを欲するならば、そうしなくてはならない」。彼女は仏陀(ブッダ)の例をあげている。宮殿から脱け出した彼が最初に会った人間は老人であった。「身体が不自由で、歯がぬけ落ち、皺(しわ)だらけで、頭は禿げ、腰は曲がり、杖にすがって何かぶつぶつ呟き、全身がふるえていた」。「ふつうの人間と異なっていた」仏陀は、「老人のなかに彼自身の運命を見た」。「『何という不幸だろう』と太子は叫んだ、『われわれ弱くて無知な存在が、青年特有の傲慢に酔って、老いに気づかないとは！　さあ、家にすぐ戻ろう。遊びや娯(たの)しみなどなんになろう、私には未来の老いの住家(すみか)なのだから』」。

若さの華やかさの中に未来の凋落をみることとこそ、人生についての全体的な見方である。これが、ごまかしのない見方なのである。人生のすべてについて、ごまかし、欺瞞をはがし取っていこうとするボーヴォワールにとって、「老い」というテーマは、当然行きつくべきテーマだったように思われる。それどころか、「老い」という、この一見地味なテーマが、彼女の人間論の最終的結論ですらあることに驚かされるのである。

ボーヴォワールがその女性論において論じたことは、女性が女性であるがためにいかに人間性から疎外されてきたかということであった。今度の「老い」の中では、人間は老いの故にいかに人間性から疎外されるかということが論じられている。女性と老人に共通していることは――少数の例外を除いてであるが――社会での第一の地位から追放されているということ、発言権においても、収入の面においても、女性と老人は、壮年の男性に較べればはるかに低い地位に置かれている。老人は女性と同じく価値の低い存在と見なされている。つまり「余計者」、「あまされ者」である。ここで再び、ボーヴォワールの〝私生児性〟の思想をみることができる。私生児の存在価値は、いつも半ば肯定され、半ば否定されている。彼の存在は、彼自身によって存在するのではなく、常に彼を保護する立場にいる人――ある場合は肉親であり、ある場合は公共的機関・国家などであるが――の気まぐれや、偶然の都合にふりまわされねばならない。老人は、老いという肉体的弱点の故に、女性や、私生児と同じ不安定さに宿命づけられた存在なのである。この「老い」という不安定さの中で、人間はいかに疎外されていくか、そしてその疎外をいかに克服しうるのかということが、ボーヴォワールの「老い」のテーマである。女性、私生児、老人といったような、社会から無価値という烙印を押された人間が、どのようにして、自分にとって価値ある人生を創造しうるか？

ボーヴォワールは、この老人を二つの視点に分けて論じている。『老い』の第一部において、外部的視点から、つまり「科学、歴史、社会の対象」としての老人を扱い、第二部では内部的視点から「彼がいかに彼の老いを生きるか」を扱っている。

(1)　外部からの視点

「徹底的な変革」を求めて

ここでは、老人を「科学、歴史、社会の対象」としての側面から、つまり「外面から」叙述している。人間の老いは、他の動物と異なり、単純に生物的次元の問題となすことはできない。ボーヴォワールはのべている。「ある人間の老化現象は、常に社会のさなかで生じるのであり、それはその社会の性質と、当人がそこで占める地位によって深く左右される」。人間社会は子供を保護し、育てる点では動物社会と同じであるけれども、老人を保護したり、いたわったり、敬ったりするという、他のどの動物ももっていない特徴をもっている。したがって、若い人間が老人とどのようにかかわるかということはきわめて文化的な問題である。ボーヴォワールによると、もし老人が「単なる屑として」、「一個の廃品」として扱われるならば、それは「われわれの文明の挫折」を示すものである。彼女にとっての老人の解放とは単に、年金を保証し、立派な施設を作ることだけではない。老人を一人の人間としてどう扱うかということである。

ボーヴォワールは、結論的には、体制全体の変革を含めた「徹底的な変革」を求めているのであるが。

生物学的な老い

「老い」に対する生物学的研究がとりあげられるようになったのは今世紀になってからである。これは医学の進歩によって人類の平均寿命が著しく延び、全人口に対する老人の割合が著しく増大しようとしている今日、この種の研究の必要性は高まっている。

「老い」はすべての人に訪れる過程ではあるけれども、「老い」の進行は、各個人によって著しい個人差が見られる。ボーヴォワールはアメリカの老年学者ホーウェルの言葉を引用している。老衰は「各人が同じ速さで降ってゆく斜面ではない。それは、ある者が他の者よりも早く転げ落ちる不揃いな階段である」。たとえば記憶力に関して、ボーヴォワールは次のような統計をあげている。「誰でも高齢とともに記憶力は衰えるが、頭脳を使う仕事に従事する人の方が手を使う仕事に従事する人よりもその程度は少なく、かつての熟練労働者の方が不熟練労働者よりも少なく、まだ働いている人の方が退職者よりも少ないと認められた」。スポーツの世界でも、「豊かな経験による技術と、自分の身体を正確に知っているため、長いあいだ良好なコンディションを保つ者」がいることが知られており、彼らは五〇代、六〇代で国際級の選手であることがある。

にもかかわらず、一般的にみて、すべての個人にとって、「老い」は「不可避で不可逆的な現象」

である。「ある時期からすべての個人は機能の低下をみる。『美しい老年』とか『みずみずしい老年』とかいわれるとき、その意味するところは、高齢者が肉体的にも精神的にも一つの平衡を見出しているということであり、彼の肉体や記憶力や精神運動の適応能力が若い者と同じであるということではない」とボーヴォワールはのべている。「生理的老化」とは、「誕生や、成長や死と同じように人生の過程に内在するもの」であり、「死と同様に、各有機体は、最初の出発点から、自己の成就の不可避な帰結として老いを内に含んでいる」と。

未開社会の老人

未開社会での成人と老人との関係は、きわめて厳しいものである。成人そのものの生存が常に危機に曝されている社会では、老人は「みな穀つぶしであり、厄介な重荷」となるのである。「ひじょうに貧しい種族、とくに移動する種族は、嬰児殺しも老人の殺害も同様に行っている。前者を行わずに後者を行う習慣が存在することもある。しかしその逆がないのは、未来を表す子供が、単なる廃品にすぎない老人よりも優位に立っているからだ」。そして、ボーヴォワールは例の一つに日本の『楢山節考』をあげている。「日本のいくつかの僻地では、かなり最近まで、村が極貧だったので、生きのびるために人々はやむをえず老人たちを犠牲にしたといわれる。彼らは『死出の山』と名づけられた山のうえまで運ばれ、そこに遺棄された」。息子は「母親を心から愛しているが、その孝心は社会が与えられる枠のなかで展開するのだ。必要性がこの慣習を課したのである以上、おりんを山の頂きに運ぶことによってのみ、彼は献身的な息子であることを示しうるのだ」と彼女はのべている。

しかし、老人は一方において尊敬され、恐れられている。女の場合と同様に、老人という「他者」にも両義性がある。老人は、実際に「経験、つまり積み重ねられた知識」という「切り札」をもっている。その外に老人は呪術師、司祭などの性格をもつ者として恐れられている。ボーヴォワールは老人の両義性について次のようにのべている。「老人は、亜＝人間であり、超＝人であるのだ。手足の自由がきかず、役に立たない彼は、それと同時に〔超自然と人間との〕仲介者であり、呪術師であり、司祭である。彼は人間の境涯を越えた地点あるいはそれ以下にある者、そしてしばしば両者を兼ねている」。

この両義性が最も極端に現れる例は、未開社会の首長の場合である。健康な人間である間「首長は『神性』の化身として崇められている」が、「もしこの際、神性が老齢によって衰えているならば、もはや共同体を有効に守ることはできなくなる」から、彼は「衰弱が始まる前に」、つまり「病気や衰弱や無能力の最初の徴候で」殺される。首長が自然に死んだとすると、「神も彼とともに衰死し、世界はすぐに滅びる」と考えられた。逆に「力の盛りに殺されると、首長は後継者に元気な魂を伝える」と考えられた。これらの老人にとって、両義性は、健康な時と、老衰を示す時をへだてる恐るべき断絶となって現れるのである。

老人の悲惨さに輪をかけるのは、彼が成人で力に満ちていたころにふるっていた横暴さである。ボス猿の老年が特に悲惨なのは、「彼が牝たちを独占し、また若い猿たちに暴政をしいた」結果である。未開民族の場合でも、子供時代に虐待された人間は、成人になると年老いた親を虐待する。「食糧の窮乏、低い文化水準、そして家父長的厳しさから生じる両親への憎悪、こうしたことのすべてが老人たちに悪く作用した」とボーヴォワールはのべている。

しかしまたこの逆も成り立つわけで、「ごく貧しい未開種族で老人たちを抹殺しないものもある」。苛酷な環境にもかかわらず、子供たちを非常に優遇する種族においては、老人たちは尊敬されよく世話をされる。つまり「経済と肉親の愛情とのあいだには幸福な平衡が保たれ」ている種族もまた存在するのである。このように同じ経済レヴェルにおいても、文化的な差というものが常に存在するということは大変興味深いことである。ボーヴォワールはのべている。「子供のときうけた待遇が、彼の性格のその後の発達にどれほど重要であるかはよく知られている。食物と庇護と愛情が不足していると、子供は怨恨と恐怖、さらに憎悪をいだいて成長し、成人すると他人に対する関係が攻撃的になる」。

このようにして、老人は子供とともに弱者＝他者の立場にいる者である。たとえ、どんなに高い地位を偶然与えられたとしても、「老人の社会的地位は決して彼の手で獲得されるのではなく与えられるということである」。老人とは「一つの生理的宿命を身にこうむ」った者であり、つまり「非生産的」な者なのである。これら老人に対する未開人の態度は「きわめて多様」である。「あるいは殺され、あるいは死ぬままに捨ておかれ、あるいは生きるのに必要な最小限のものを与えられ、あるいは快適な晩年を保証され」る。しかしとにかく「資源が不十分の農耕あるいは移動社会においてもっとも多い選択は、老人たちを犠牲にすること」である。

経済の発展による余裕は、このような老人の苛酷な運命をたしかに緩和する。しかし、未開人によって赤裸々に示された、この成人と老人とのかかわり方こそ文化の問題であり、常に永遠にわれわれの課題であろう。

老人と女性の違い

次にボーヴォワールは、「歴史上の社会が老人に対してとったさまざまな態度と、それらの社会が老人についてつくりあげたイメージ」を並べている。

老人は女と同じく社会にとって他者であるが、その度合いは女性よりひどい。老人は能力を失った時「女性よりもはるかに徹底的に、純粋な客体と化す。つまり交換貨幣でも、生殖者でも、生産者でもなく、もはや厄介者でしかないのだ」。女性や、子供は、たとえ人間として認められていなくとも有用性という観点から、社会にとって必要な資材である。美しさとか、可愛らしさも一つの有用性である。自由な存在として社会に組み入れられていなくとも、事物的存在としては、社会にとって必要不可欠な存在である。つまり物として有用である。老人はこの有用性という切札をもっていない。だから女性も老いると二重に場を失う。「女性の境涯は色情の対象であることなので、年を取って醜くなるとき、彼女は社会のなかに割り当てられた場所を失うのである。彼女は怪物(モンストルム)と化して、嫌悪と、そして恐怖さえもひき起こす」。

中国の老人

ボーヴォワールによると中国は「老人に比類ない特権的境遇を与えた」国である。その歴史的原因として、「文明が何世紀ものあいだ静態的で厳しく階級づけられていた」。これは「中央集権化された専制的権力を必要とする水の文明」、つまり集約農業という地理的経済的条件のためである。「集約農業は力よりも経験を必要」とした。行政組織において、「その位階と責任は年とともに増大し、頂上には必然的にもっとも年長の者たちがいた。この年長者の占める高い地位は家庭内にも反映していた」。「家族の境界を越えて、尊敬はあらゆる年長者におよんだ」。したがって、中国では老いそのものが、嫌われるどころか、人間性の最高の完成の段階と考えられていることは特に注目されてよいだろう。かの有名な孔子の言葉をボーヴォワールは引用している。「吾十有五にして学に志し、三十にして立ち、四十にして惑わず、五十にして天命を知る、六十にして耳順う、七十にして心の欲する所に従いて矩を踰えず」。しかし、このように長寿＝老いが聖なるものとして讃美されたが、当時長命に達しうる者はきわめてわずかにすぎなかった。このようにして中国では、若い人間が年長者の圧制に苦しむことはあっても、「老いが災厄として告発されていることは決してない」のである。

西欧の老人

西欧における老いは、中国と異なった様相を呈している。まず第一に西欧では、中国のように老いそのものが無条件に讃美されることはない。第二に西欧では、中国のように若者が年長者に無条件に屈従しないので、神話にみられるように世代間の闘い――父と息子の——がある。つまり西欧では、老人の社会的地位が絶対専制的に無条件に高くはなかったので、老いはいろいろの様相を呈し、成人との関係もドラマチックな様相を呈したのであろう。西欧においても、社会秩序が安定していて、老人が権力をもっている場合老齢は価値あるものとされた。しかし、社会が「変化、拡張、革命の時期には、老年はいかなる政治上の役割も果たさなかった」。つまり、世の中が乱世で、弱肉強食の時代、富を剣の力でしか守りえない時代においては、老人は影の薄い存在でしかありえなかったとボーヴォワールはのべている。たとえば封建社会の場合、領地は剣の力で守られ、臣下は主人に対し武器で仕えるといった社会であるから老人の状況は「極度に不利であった」。この時期に世界の主導権をにぎったのは「常に力の盛りにある男」であった。このことを如実に示す文学作品は、シェイクスピア作『リア王』である。「所有権を失った父親は、継承者たちにしばしば手ひどい処遇をうける」ということは、「広範に行われていた事実」であった。

西欧において、老いは、中国の場合のようにすべて上昇するイメージでとらえられていない。老いはある面では進歩であるが、ある面では退歩という観点でとらえられている。ボーヴォワールはのべている。「老齢は大多数の古代都市国家においては資格を付与するものであった。しかし個人に起こる変身としての老いは愛されていなかった。詩人たちがこれを証言している」。ギリシア人にとって青春と美しい肉体は、一つの価値であったから、「老衰は死そのものよりも悪い災厄と思われていた」と。

同じギリシアでも、肉体の価値をどう考えるかで、プラトンとアリストテレスは別の結論を出しているのは大変面白い。プラトンは人間の真実は「不死の魂のなかに存在するのであり、肉体は見せかけにすぎない」と考えていたので、「年齢による衰頽は魂には影響を与えない」。「肉体の欲望と活力が衰えるとしても、魂はそのためいっそう自由になる」という結論を出した。彼は「老人政治（ジェロントクラシー）」を理想とした。

　これに対してアリストテレスは「魂は純粋な知性ではなく……肉体と必然的な関係を結んでいる」と考えていたので「肉体をおかす疾病は個人全体に影響をおよぼす」とし、「老年が幸福であるためには、肉体が無傷のままでいる必要がある」とした。彼は人間は「五〇歳まで進歩する」と考えたが、この年齢の後「肉体の凋落は人格全体の凋落を招来する」と考えた。「精神には肉体と同様に老齢がある」のだから、「高齢の人々を権力から遠ざけるべき」だという結論を下した。アリストテレスにとって老いは「陰気なもの」であった。

「老いは忘れられる」

　キリスト教における神は三位一体——父・子・聖霊——によって表現されるが、その中心は常に子＝キリストである。「キリスト教はなによりもキリストの宗教であった」。子であるキリストは「男盛りのときに死んでいる」ことに注目すべきである。これは「若い者の優位」を主張する中世のイデオロギーの影響であるとボーヴォワールはのべている。『《父》と《聖霊》は影をひそめた。ミサはもはや《父なる神》に捧げられた聖祭でなく《磔刑》の表現なのだ」。「おびただしい数の人物図像が、キリストの幼年時代と、……《聖家族》を主題にとりあげる。このようにイエスの生涯を表現することによって、幼年時代、青年時代、そしてとくに成年時代が聖化される。老いは忘れられるのだ」。

ルネサンス期の老人

ルネサンス期には都市に新しい富裕な階級が構成された。彼らは「商品や貨幣を貯蔵できるように」なった。この変化は富裕な階級の「老人たちの境涯を修正」しえた。つまり「富の蓄積によって彼らは強力になり」、「関心をもたれる」ようになった。

しかし、老人に対するイメージは相変わらず意地の悪いものである。「イタリアではボッカッチョ、イギリスではチョーサーが、眉目(みめ)よい女性たちをわがものとするために自分の富を利用する裕福な老人たちを笑いものにする」。この意地悪さは、老婆に対しては極端に発揮される。「ルネサンスは肉体の美しさを称揚し、女性のそれは雲の高みまでひきあげられる。老人の醜さは、そのためいっそう嫌悪すべきものとみなされる。老婆の醜さがこれほど残酷にあばかれたことはなかった」。ボーヴォワールは「中世の女性嫌い」という言葉を使っているが、これは有名な魔女迫害の事実からもうかがいしることができよう。この風土は、年とった女性を「おふくろ」という親しみのこもった呼び方もするわが国の風土とは相当のちがいのあるものである。

モンテーニュの態度

ボーヴォワールは、老人に対する偏見から免れた人間としてモンテーニュをあげている。彼こそ「この世紀（一六世紀）で常套句を徹底して遠ざけた」ただ一人の作家だとしている。「彼以前に誰一人それについて語らなかったような仕方で、彼は自分自身の経験に基づいて、老年についてみずからに問うたのである。そこに彼の深さの秘密がある」。「モンテーニュは老いを愚弄することも称揚することも拒む」。彼は老いをたたえると同時に馬鹿にするといった矛盾を犯していない。モンテーニュは三五歳をすぎた時次のように書いた。「私についていうと、この年齢を過ぎると、精神も肉体も能力を増したというよりは減ったし、前進するよりは後退したと信じている。なるほど、時間をうまく使う人たちにあっては、年齢とともに学問や経験が増すことはありうる。しかし、活発とか、敏捷とか、逞しさとか、その他、よりわれわれ自身の、より重要な、より本質的な特性は、萎縮し、衰弱する」。また「長い年月のあいだに、私も年老いたが、賢くなるという点ではたしかにちっとも進んでいない。いまの私と、少し前の私とはたしかに別である。だが、どちらがすぐれているかとなると、何ともいえない」。また「老いても酸っぱい、かび臭い匂いのしない心というものはめったにないし、あるとしてもごく稀である」と書いている。

このようにしてモンテーニュは、自分自身の老いを何の

モンテーニュ

「自己欺瞞」もなしにありのまま見つめえたのである。ボーヴォワールはのべている。「私が感嘆するのは、モンテーニュが、人の心を慰める伝統的な常套句を投げすて、諸機能の毀損を進歩とみなすことを拒み、歳月の単なる積み重ねを豊饒とみなすことも拒んでいることだ」。このモンテーニュの態度は、老いた自分自身に対しての嘘をあくことなく取り除いていく態度といえる。モンテーニュは、ただ一点このような「自分自身に対する厳しさ」において衰えなかったのである。ボーヴォワールはのべている。「彼は自分を衰えたと感じるその瞬間において、もっとも偉大なのである。しかしおそらく、自分自身に対する厳しさがなかったら、彼はこの偉大さには達しなかったであろう。自己満足というものはすべて書くものをつまらなくするが、老いゆくモンテーニュはそれから己れを守りえた。彼が進歩しているのは、世界と自分自身に対する態度がますます批判的となったからである」と。

シェイクスピアの見方　シェイクスピアは老いをテーマにして『リア王』という偉大な作品を書いた。「彼は老人のドラマを通して、われわれの実存の不条理な恐ろしさを余すことなく表現した」。モンテーニュが自己欺瞞のない老人だとすると、リアはその反対の人物である。「王である彼は、もっとも極端な称讃の言葉に慣れ、追従にたやすく欺かれるようになっていた」ので、彼は老後の自分をもっとも言葉巧みな人間にゆだねてしまい、もっとも信用できる人間をしりぞけてしまう。彼の性質は「偏狭で、頑固で専制的」であり、その「迷妄」の度合いは「狂気」

に似ている。彼は「現実に適応できない」ので、最後には「悲劇的な遺棄の状態」におかれ、本当に頭が狂ってしまう。しかし、彼は錯乱状態の中で、ついに真実を理解し、コーディリアを抱きしめる。が、時すでにおそく、コーディリアはすでに屍であり、彼自身にも「死以外の道はない」。ボーヴォワールはのべている。「これは、われわれの無益な受難の無意味さ(ノン・サンス)を明らかにするものとしての老いの悲劇なのだ。生存の終末がこのような錯乱した無力の状態であるならば、人生全体はこの照明を受けて惨めな冒険(アヴァンチュール)として啓示されるのである」。

これも一つの老人の姿である。「彼を動かすものは、盲目的な情念であ」る。シェイクスピアは、他の作品の中で「野心や嫉妬や怨恨に囚われた人間を示した」が、ここでは「年齢の宿命におしつぶされた」人間を描いたのである。シェクスイピアは、「老いのなかに賢明さではなく迷妄を見ていた」といえよう。そして老人の暗い側面を、「社会から切り離され、追放された存在」としての老人を描ききったのである。

シェイクスピア

今日の老人の問題

一八世紀には自由と平等の精神によって「同胞の概念は拡大され」た。それは「文明化された成人だけの領土」ではなくなり、「野蛮人」、「子供」、「老人」にまで拡大された。「国家はすべての人間が生存の権利を有することを認めたかにみえた」。社会は、貧民や老人の悲惨を救済しなければならないという方向に動いた。

技術の進歩によって、「物質生活は、……いっそう快適で疲労の少ないものとなった」。また「知性や経験の種々の資質」が要求されるようになり、「肉体的努力はそれほど必要ではなくなった」。そのようにして「人間の活動期間は延長した」。老人であるという肉体的条件は、以前ほど不利ではなくなったわけである。

また富の蓄積にとって、老人の役割は明確に意識されるようになった。富は、家庭の父子相伝によって蓄積可能であった。したがって家庭は「資本主義の基礎であると同時に、ブルジョア個人主義が開花する国家の基礎」となった。「年老いても家長は依然として彼の財産の保有者であり、経済上の威信を享受」しえた。富の蓄積と老齢は、比例したのである。

しかしこれらの上昇的なイメージの中で、老いるという衰えゆくイメージはいっそう鮮かになった。進歩する世界の中で「世界の発展について行くことができずに、彼は後にとり残され、孤独で、自己のなかに閉じこもり、彼から遠ざかりゆくすべてのものに見放される」という「異邦人」の孤独が運命ともなった。

一九世紀の特徴は、人口の増加とそれに伴う老人の数の増加である。文学でも、やっと貧しい老人たちが登場してくる。そして貧しい老人と特権的老人との対照が他のいかなる時代よりもひどくなった時期でもある。

産業革命は一方に富裕な老人の存在を可能にしたが、実際には「人的資源の信じられないほどの浪費を代償として達成された。……すべての労働者が生きるべき年齢よりも早く死んだのである。生き残ることができた者は、老齢のために雇用されなくなると、いたるところで貧窮に陥った」。彼らは子供に頼る以外なかったが、子供も「貧窮すれすれのところにいた」。また子供の側も義務を怠った。

二〇世紀の特徴は、家族がますます解体し、「家長中心的家庭」が崩壊した結果、社会が「家族にかわって老人の世話をせざるをえなくなった」ことである。もう一つはめまぐるしい技術の進歩のために、老人の立場が不利になったことである。「今日の技術主義的社会では、知識は年月とともに集積されるのではなく、時代おくれになる（失効する）と考えられている」。

今日の機械文明が人間を使い捨てにしていく限り、老人の悲劇はなくならない。今日の問題は、成人対老人の問題の外に、特権的老人と貧しい老人の対立であるとボーヴォワールはのべている。老人という概念が矛盾に満ちたもの――つまり「一方では敬うべきものとし、他方では軽蔑すべきもの」であるというような――である理由も、彼女は階級の対立に求めている。支配階級が「老齢の者に支配あるいは影響されているときは、老齢に対して価値を与え」たのであるが、貧しい老人の価値は常に無視されてきたのである。

(2)　内部からの視点

老いとは　ここで扱われているのは、老人が「いかに彼の老いを生きるか」ということである。ボーヴォワールにいわせると老いとは、すなわち投企の衰えに外ならない。不断の投企こそが彼女の自由の哲学であった。しかし、老人になると肉体が衰えてくる。成人にとって、肉体は自己の投企のための手段である。老いとは第一にまずこの手段の衰えである。「彼は考えをいだき、計画する、そしていざ実行の段階になると彼が期待を裏切る」。老人の悲劇は「彼が欲することをもはやなしえないという点にある」。

投企が衰えてくると世界が貧しくなってくる。ボーヴォワールにとって、世界が意味をもってくるのは主体の「投企」によるかかわりを通じてであった。「われわれの投企の光に照らされてのみ世界は開示されるのである。……われわれが〔老いて〕諸活動を放棄することは、従来それらがはばんでいた怠惰な桃源郷にわれわれが到達することではない、それは未来を不毛にすることによって宇宙を荒涼たるものにするのだ」。「われわれの情熱の欠如、われわれの無気力こそが、われわれの周囲の空虚をつくるのだ。アンデルセンの薔薇(バラ)や睡蓮(すいれん)が沈黙するのは、彼がもはや書く欲望を失ったからなのだ」。

老いとは以上のような悪循環をもっている。肉体の衰え＝投企の衰えは、世界を貧しくし、空虚にし、好奇心を減退させる。その結果、老人は世界に対する関心と、投企する情熱をますます失ってゆく。このようにして、老人は生きる意欲を失ってゆく。この時、肉体的な死と別な意味の死、つまり主観的な意味での死、精神的な死が近づいてくる。人間が肉体的衰えの結果、「何かに情熱をもつこと」が不可能となり、「もろもろの企て」をなしえなくなった時、老いは「間接的に」死を招くものといいうるのである。生きながらの死というものもありうるのである。すなわち「無為が好奇心と情熱を衰えさせ、今度は無関心が世界を荒涼とさせ」る。「そのとき、死がわれわれのなかに、そして事物のなかに、定着する」。

不断の投企

では、老人はどのようにして、この生きながらの死を免れうるか？　ボーヴォワールの答えは不断の投企である。老いという「肉体の重圧」を引きうけつつ、不断に闘い続ける以外ない。彼女にいわせると、投企した結果よりも、投企するという主体的行為が重要なのである。ヘミングウェーの『老人と海』の物語で、老いた漁夫は、巨大な魚を釣りあげるが、陸にもちかえるまでにその魚の肉は鱶(ふか)に喰われてしまった。しかしボーヴォワールはいう。「老人にとって問題だったのは、彼の同輩の大部分の人生がそうであった無気力の人生を拒否し、勇気や忍耐という男性的諸価値を最後まで主張することであった」。そして「人間（男）は破壊されることはあっても征服されることはない」という漁夫の言葉を引用している。

「不屈さ」こそ老人にとって必要なものである。「いわゆる『うららかな老年』は、決してひとりでに得られるものではない。断じてそうではない。それは各瞬間ごとの勝利、敗北の克服を意味するのである」。投企する情熱そのものは、若者にも、老人にも共通するものである。投企する情熱だけが「自己の限界から逃れ、人生を袋小路に終わらせることなく、それを冒険としてふたたび生きること」を可能にする。だから「問題は若いということよりも、若返る能力があるということにある」とボーヴォワールは断言するのである。

老いという宿命に対して、どのように振舞うか、という態度の方が重要なのである。つまり「多くの場合、肉体の重圧は、肉体に対するその人間の態度ほど重要ではない」。問題は、主体的な姿勢、投企する情熱の方にある。

このような情熱を一生もち続けるには、壮年時代の生き方が重要となってくる。生活のために働くという中でも「自己疎外されていない架空でない活動や関係」がありうるはずである。壮年時代の肩書きや、役割のもたらす価値の幻影に惑わされなかった人間は、老年になって仕事を失っても、失墜とは感じない。それどころか、肩書きや役割のために我慢していた諸々の制約から自由になったことを解放と感ずる。生活のための利害にがんじがらめにされていた活動や、人間関係から解放される。「老いは人を幻影から解放する」。

幼年期と青年期には「人生は上昇として生きられ」、中年期においても職業人としての進歩とか、生活程度の進歩、子供の教育上の進歩など、「上昇の観念は存続する」。それがある時点で突然「もはや墓場以外はどこにも行けない」ことに気づく。「ある目標へ向かって進んでいると考えていたのは錯覚であったことを悟る」。「そのとき、われわれの歴史の『無益な受難』としての性格が開示されるのだ」。このように人生の終わりに近づくと人生の各段階で心に描いた目的すら幻影にすぎないことを悟る。

しかし、ボーヴォワールは、それでもなお残る真実なものがあるという。名声とか、世間的な成功は一つの幻影であるが、なおその中に本来的なものが残りうるという。ボーヴォワールは老人が、「年を取って自分の作品に疑いをもつときにこそ」この本来性をとりもどすとのべている。懐疑そのものの働きによって老齢期の作品を最高の完成にまでもっていった人間の例として、彼女はレンブラント・ミケランジェロ・ヴェルディ・モネなどをあげている。

老いてなお、世界に関心をもち、投企への情熱をもち続けうる条件は、このように壮年の生き方の中で、幻影に溺れず、自己の本来性をもち続けることである。つまり「彼が壮年期以来時間〔の作用〕をものともしないような事業にうちこんできたことを前提とする」。そして幻影とか、利害の絆によらない、真実の他者との交流を築きえていることである。事業の内容は何でもよい。「それは個人、共同体、公共福祉などへの献身でもよいし、社会的あるいは政治的な仕事、知的、創造的な仕事でもよい」。

このような条件があれば「彼の老いはいわば見過ごされる〔潜在的に留まる〕」。つまり「老いは存在しない」。「現在ある種の恵まれた場合に見られるように、個人は年齢によってひそかに弱りはするが、目立つほどの能力や価値の低下はみられず、ある日、打ち勝ちえない病気にかかってたおれる。しかし彼は失墜を身にこうむることなく死ぬのだ」。そこでは老い＝高齢期とは「青年期や壮年期とは異なるが、固有の均衡をもち、個人に広範囲の可能性を許す人生の一時期となるであろう」と彼女はのべている。

「社会の罪悪」

しかし、過去の「いかなる国においても、いかなる時代においても、このような条件が実現されたことはない」のである。現代は老人に対する年金制度、ならびに福祉政策が普及してきている。にもかかわらず大多数の老人は不幸である。これはすべて個人の責任であろうか？　ボーヴォワールは社会の責任の方を強調している。すなわち個人を手段あるいは道具としてのみ扱い、使い捨てにする「社会の罪悪」をあげている。「定年退職者が彼の現在の生活の無意味さに絶望しているとすれば、それは彼の人生の意味がそもそもはじめから取りあげられていたからにほかならない。……職業の強制から解放されるとき、彼は自分の周囲にもはや砂漠しか見出さない。彼には、世界を目的や価値や生き甲斐（レーゾン・デートル）で充たすことを可能にしたであろうもろもろの投企のなかに参画する方途が与えられていなかったのである。これがわれわれの社会の罪悪である」。

社会が、たとえ老人ホームを建ててやり、老人に年金を与えて生活を保証してやってもこの罪悪を償うことはできない。つまり「人々が一生のあいだその犠牲となった系統だった破壊を償うことはできない」。「彼らの人生に意味を与えるような教養、関心事、責任を彼らのためにつくりだすことはできない」。「なぜなら、彼の労働だけでなく、彼の余暇もそれまで常に疎外されていたからである」。彼らは体力がなくなると「必然的に『廃品』となり、『屑』となる」。これが「資材」としてしか扱われなかった人間の辿る末路である。これはわれわれの「文明全体の挫折」に外ならない。

老人の不幸をなくするためには社会全体がつくり直されなければならない。一人の人間が「生涯を通じて常に人間として扱われ」る社会にしなければならない。つまり「人間全体をつくり直さねばならず、人間相互の関係を根本的につくり変えねばならない」。

老いの発見

老いの自覚は、人間にとって仲々困難なものである。なぜなら、自分自身の個体が衰退していくのを知ることを喜ぶものはいないからである。老いの自覚は、常に意識の外に「自分とは関係のない異質のもの」として、追い払われる。しかし、それは他人にはよく見える。「老いは、当人自身よりも周囲の人々に、より明瞭に現れる」。ある日、突然、この他人の目によって、自分の老いが、あらわに告げられる時、人はそれを不意打ちと感ずる。

このように老いは「実感されえないもの」（サルトル）である。なぜなら「それはわれわれの状況の裏側を現すもの」だからである。それは「われわれが他者にとってそうであるところのもの」なのである。したがって、老いの自覚は、常に「他者によってもたらされる」。「われわれの社会では、老齢者は、習慣によって、他者たちの振舞いによって、さらに語彙そのものによって、それとして指示される」。

他人によって老いが示される時、老人は「驚愕（きょうがく）」し、「憤激」する。彼は「彼に貼られた分類票（レッテル）に内心同意しない」。この態度は青年が成人する時の態度と較べると大きな相違がある。青年の場合は「自分が一つの過渡期を経つつあることを自覚している。彼の身体が変化し、彼を不安にするのである。これに反し、年取った人間は重大な肉体的変化を経験することなしに、他者を通して自分を老人だと感じる」。青年が成人になることは、「一般に彼らにとって望ましいものと考えられている」。成人になることは「彼らの欲望をみたすことを可能にする」ことだと考えられている。「これに反して壮年者は老齢を去勢の幻像と結びつける」。つまり老齢は、欲望の挫折、力の減退、性的魅力の減退を意味する。それ故に人は老いを受容することに対して「意識的にも無意識的にももっとも嫌悪を伴う」のである。人は「永遠の若さという幻影（イリュージョン）」にしがみつく。そしてこの「幻影が打撃を受けるとき、多くの人は自己愛のうえで損傷を受け、それは鬱病的精神病をひき起すことがある」。

以上がボーヴォワールの説であるが、これは必ずしも納得できるものではない。病人の場合を別としても、他人よりさきにいちはやく老いを自覚する場合もありうるのではなかろうか。たとえば一見、まだ一流のスポーツ選手が誰よりも早く衰えを発見し、醜態を見せる直前に引退する場合がある。また女性は、美貌の衰えを他人よりさきに気にする。つまり老いを予見し、先手を打って対策を立てる人間も存在するといえるのではなかろうか？

ボーヴォワールの立場は、さきにのべたような、不断の投企＝不屈さである。

これと反対の悪い例として、彼女は「グリブイユ主義」(フランス少年小説の主人公グリブイユが雨に濡れないために水に飛び込んだことに由来するグリブイユ式の行動)をあげている。これは「老いに対する嫌悪から老いのなかへがむしゃらに突進する態度」のことであって、「足を少し引きずるだけなのに身体不随を装い、少し耳が遠いだけなのに、全く聞こえないふりをする。使わない機能は低下するので、身体障害者の真似をしているうちに、実際そうなってしまう」。「彼らは人々から棄てられたのだから、今度は自分で自分を棄ててかえりみず、ちょっとした努力をも拒む」。「誰も彼らをかまってくれないから、多くの者はやがて寝たきりの状態となる」。

慰めとならない過去

老人が若者と異なる点は、まず第一に限られた短い未来しかもっていないという点である。若い人間のもつ長い未来と老人のもつ短い未来とでは、質的な差異がある。老人の未来は閉ざされている。すなわち、老人の失ったものは、若い人間のもつ「惜しみなく自己を消費する、無限に開かれた時間」なのである。若い人の未来は「不確定の未来」であって、それは「無限なもの」と感じられるのに対し、老人の未来は「有限」である。老人は若い人のように、自分の未来を、無限の可能性として夢みることは許されない。若い人のこの幸福な夢想は、錯覚である。彼がまだ何者でもない故の、また自分自身を知らないための錯覚である。しかし、若い人にとって未来は、この錯覚故に豊かに感じられる。若い人はこの未来の夢によって幸福であり、またこの夢に励まされて、いろいろな試みに打ってでることができる。ところが老人は、「彼の人生はすでに出来上がっており、やり直しはできないことを知っている。未来はもはや多くの可能性でふくらんではおらず、それを生きるべき彼という有限の存在に比例して収縮していく」。老人は自分の「単独性のなかに救われようもなく閉じこめられている」と感ずる。人生の有限さがいっそう切実に意識されるのである。

老人は長い過去をもっている。もし立派な過去をもっていたとしたなら、その過去は老人にとって慰めとならないか？「過去が悦びの対象となることはないだろうか」とボーヴォワールは問う。

これに対する彼女の答えは否である。過去は決して捉えることができないと彼女はいう。つまり過去は、その時点で生きられた新鮮さで、決して二度と体験できないものである。過去をもう一度捉えようとしても「私がそのなかへ進んでいくにつれて、それは崩れ去っていくのだ。そこから浮かび出る残片の大部分は色褪せ、凍り、いびつ」になってしまう。勿論、過去の意味を認知することはできる。「しかしこの認知は必ずしも過去のあたたかさを再現してはくれない」。過去が実際に生きられた時点では、「すなわち、われわれはそれを未来に向かって躍進していた現在、未来にみちた現在として生きたのであったが、いまはその残骸しか残っていないのだ」。「このような仕方によってもまた、われわれの人生はわれわれから逃れ去るのである」。だから、過去はただ「推測する」ことができるにすぎない。

過去が慰めとはならないもう一つの理由としてボーヴォワールは、「あらゆる成功が含みもつ挫折」をあげている（自由論参照）。あらゆる投企は挫折する宿命をもつというのが彼女の自由論であるから、成功した過去というものはありえないことになるからである。

ボーヴォワールにとっては不断の投企と超越という緊張した活動こそ幸福の形態である。もし、現在が無為であったなら、そして無為の中で過去の想い出に浸ることは、何の幸福でも慰めでもない。特に「自分の現在の状態に不満な人間」が、「自分の思い出に支持を求め、それを自己の防衛、あるいはさらに武器とする」場合、それは過去に捉えられているとしかいいようがない。このような場合過去は、現在の「自分の怨念をかりたてるもの、現在をさらにいっそう歎かわしく思わせる」という役割を果たしているにすぎない。人は「〔現在の自分〕を通して過去を認識する」のである。もし〔現在の自分〕が何事かを企て、努力している最中ならば、過去の成功が――たとえ挫折を含んでいても――励ましとなる場合もありうるであろう。問題は〔現在の自分〕のあり方である。

年齢の価値とハンディ　ボーヴォワールの考え方の特徴は、年齢を重ねることを成熟と考えていないことである。ヘーゲル流にいうと「過ぎ去った各瞬間は現在の瞬間に包摂され」るから、老年は「不断の進歩の最終段階」とされるわけであるが、彼女はこれに反対している。「老年はわれわれの人生の『総和』ではない。同一の運動の満ち干(ひ)がわれわれに世界を与え、それを奪う。われわれはものを覚え、そして忘れる。われわれは豊饒になり、そして破損するのだ」。が、たとえ成熟しないとしても年齢を経ても残るもの、年齢を経ることによって豊かになるものは何か？　年齢を経ても残るもののなかに、「ある種の技術――それをマスターするには全生涯を必要とする――」がある。そのような技術は、「肉体的な衰えを補うことに成功する」。また知的な領域では、具体的な事柄を忘れ去った後も残るものとして「教養」がある。それは、学ぶ態度とでもいうべきものだろう。「一度学んだものを学びなおす能力、仕事を進める方式（メソオド）、過誤への抵抗力、危険防止の知恵など」である。

年齢を経て豊かになるものの一つとして、ボーヴォワールは「総合的視野」をあげている。これは「若い者には不可能」なものである。なぜなら「多くの多種多様な事実をその類似点において観察した経験がなければ、……それが重要であるか些末なことであるかを正しく評価することはできず、例外的なことを一般的規準に帰せしめるべきか、それともあくまで例外的として扱うべきかを知ることもできず、また細部を全体に従属させること、挿話的なことにとらわれずに要点を抽出することなどはできない」からである。年取った人が往々にして社会の責任ある職を果たしうるのは、この理由によるものだと彼女はのべている。

さらに、彼女は老人のみがもちうる経験として「老いそれ自身の経験」をあげている。これは、人間の生涯の考察に欠くことのできない経験である。

老人の第一のハンディキャップは、彼は社会の流れから取り残されるということである。老人の経験が価値をもつのは「反復的社会」または「安定した社会」のみである。しかし、激動する社会では、老人は取り残される。老人は新しい世界を「彼の古い視線（まなざし）」で眺める。「彼は新しい世界を、昔からの彼の遠近法（尺度）で捉える」ので、それにあてはまる物だけしか理解できず、他のものは目に入らないか、不可解なものとして見えるかどちらかである。この原因をボーヴォワールは、「個人の生成」と「社会の生成」との間のずれにあるとみている。生物学的時間と社会的時間とでは社会的時間の方が早いというずれである。老人は現在の若者を、過去の自分の青春時代から類推して理解することはますます困難になってきている。年齢を重ねると人間は新しくできた職業にますます適応しにくくなる。

このようにして「過去の重圧は彼の歩みを緩慢にするか、あるいは麻痺させさえする。それに反して新しい世代は実践的＝惰性態から自己をひき離して前進するのだ」。実践的＝惰性態とは、サルトルの言葉であるが、「人間の行為の刻印を捺されたすべての物と、これらの物との関係において決定されている人間たちの総体」である。たとえば、ボーヴォワールの場合は、「私にとって実践的＝惰性態とは、私が過去に書いたもろもろの著作、現在では私の外部において私の全作品（しごと）なるものを構成し、それらの著者として私を決定する私の著作の総体である」。この過去の重圧が諸個人にどのように作用するか、そのかかり方は、人により職業により種々さまざまである。

科学者にとっての年齢

ボーヴォワールはいう。「科学者が老年期に独創的発見をすることはきわめて稀である」。この理由は何か。その理由は科学そのものの性格と密接な関係をもっている。科学は、性格上「普遍的」なものであり、またそれは集団の仕事であるばかりでなく、時代的にうけつがれた集大成という性格をもっている。科学者の発見といっても、それは過去の遺産の「ひきつぎ」のうえに成り立ち、それにつけ加えるという性格をもっている。個人の独創は、常に科学という全体のごく小さな部分なのである。ところで、青年期または中年期がなぜ、科学者にとって有利な時期なのかについてボーヴォワールは次のようにのべている。「この時期には学者は彼の専門領域を構成する知識の全体をマスターするとともに、それを新しい視線で捉えそのなかにある断層や矛盾を発見することができるからであり、また彼はそうした点を是正あるいは解決しようとする勇気をもつのだ、なぜなら、彼の前途には長い一生があり、誤ちを犯してもあとで修正することができ、彼が予感する真理を成果あらしめる時間をもつからである」。すなわち、多くの未来をもつという条件が、勇気ある夢想を可能ならしめるのである。若さ故の無謀が、既存の体系に対して「異議申し立て」の情熱を湧き起こさせるのである。

これに対し、老いた科学者の場合、彼は自分が成し遂げた過去の業績に束縛される。ある場合は「彼は彼の業績の価値を失墜させるおそれのある学説や体系に対して闘う」。つまり「年取った学者は、自分のおくれた考えを防衛するために、しばしば学問の進行を阻害することを躊躇しない」。そうでない学者の場合でも、たとえ「偉大な精神の所有者」でも、学者が五〇歳をすぎると「新しい思想に適応すること」への困難は、日増しにつのるのである。

哲学者にとっての年齢　哲学は、科学のもつ「普遍性」からみると、きわめて「個性的」な学問である。つまり科学が「宇宙を外在性において叙述する」のに対し、哲学は「主体としての人間が世界の全体に対してもつ関係を捉える」。「一つの科学が存在し、いくつかの哲学が存在する」。勿論、この出発点となる主体的人間は、「その普遍性における、己れ自身」、「全的な人間」である。一つの哲学は、他の哲学からの影響を受けるという意味で「普遍的」なかかわりをもつ。しかし、一人の哲学者は「自分の出発点は放棄しない」。「彼はつけ加え、削りとり修正することはあっても、それは常に彼固有のものである一つの展望のなかで行われる」。「この展望にとっては他のすべての展望は異質のものであり、それゆえ、他人は彼を追い抜くとか、失格させるとか、反証するとかは決してできない」。

哲学者は、彼独自の「哲学的直観」（ベルグソン）を基礎にして、一つの世界観を構成する。哲学者の思想は「年齢とともに豊饒になる」が、その体系の基礎をなす「独創的直観」そのものは、「青年期あるいは中年期に経験する」ものに限られる。したがって哲学者の場合も、老年期になって、「根元的に新しい体系を創造すること」はありえないのである。

作家にとっての年齢　作家も、哲学者と同じく「宇宙に対する人間の全体的関係を知る」ことをめざすのであるが、作家はそれを「概念（ノーション）」としてではなく、作品（一つの独自的普遍）を通じて探求しようとする。作品という想像上の世界を通じて「彼の存在の生きられた意味」を伝えようとする。この書くという行動のためには、常に「はげしい情熱」と持続的な「強い精神力」が必要である。しかも作家が、他人に何物かを伝えたいという熱烈に望む内容は、現実に対するはげしい批判なのである。「書くという企てはそれゆえ、人間たちが生きている世界への拒否と、人間たちへのある種の呼びかけとのあいだの緊張を含んでいる。作家は人間たちに対立していると同時に彼らとともに在る。これは困難な態度である」。つまり現実に対して何の批判的関心もなく「世界のなかに水のなかの魚のように居心地よく浸って」いる者は何も書こうとはしない。それ故書くということは、矛盾する二つの企て——(1)人類を告発すること、(2)人類に認められること——の緊張の上にたっている。

人間は老人になるともろもろの力が衰えてくるとこの緊張に耐えるその「活気」を失ってくる。つまり無気力、無関心が老人を襲う。よしんば書き続けたとしても同じテーマの繰り返しに終わる危険にさらされる。だからボーヴォワールは「年取った人間にもっとも適さない文学のジャンルは小説である」とのべている。彼女はモーリヤックの言葉を引用している。「われわれのこの世での未来が残り少なくなり、……人間としての冒険が終わりに近づいたとき、そのとき小説の登場人物たちはもはやわれわれのなかに自由に動きまわる空間を見出さない」。

老人という「未来へと向かう躍動が断たれた」人間にとって「それを想像上の主人公のなかに再創造する」こともやはり困難なこととなってくるのである。そしてただ次のような例外があると彼女はいう。「年取った作家の唯一の可能性は、出発において彼のいただいた投企がじつに堅固に根をおろしたものであったため彼が最後まで独創性を保ちつづける場合であり、それらの投企がじつに広大なものであったため彼の死にいたるまでそれらが開かれた状態にある場合である。彼が世界とのあいだに生きた関係を保ちつづけるかぎり、彼は常にそこに促しや呼びかけを見出すであろう」と。

音楽家と画家にとっての年齢

音楽の場合は、モーツァルトのように早くから才能を表すものがいるが、また「音楽家はときとしてひじょうに年取ってから彼のもっとも偉大な傑作を作曲する」。七〇歳代でいろいろな傑作を作曲しているばかりか、晩年の作品の方が若い時の作品と較べて優れてさえいる。この理由として、ボーヴォワールは「音楽家が服さなければならない拘束の厳しさによると、私は解釈している」とのべている。音楽家は「彼が用いる技術の普遍的性格」「音響の世界の普遍性」から彼に課せられる諸規則をこなし、その上で「ある程度自己を解放する」のは、相当の仕事をなしたのちなのである。たとえば、ベートーヴェンが「不協和音」を使ったのは、「自分に対して大きな自信をもった」のちである。「作家の場合は遵守すべき諸規則の体系はそれほど圧倒的ではないから、青年期あるいは少なくとも中年期にすでに自由を所有しているが、音楽家にとっては年を取ることは自由への歩みなのである」。

画家の場合も、「音楽家ほど厳格な規則に服さないが、彼らもまた彼らの専門技術(メチエ)のむずかしさを克服するには時間(とき)を必要とするから、彼らがその傑作を産むのはしばしばその最晩年期である」。

たとえばモネ・ルノワール・セザンヌ・ボナールがそうである。アングルの『泉』は七六歳であった。ゴヤも年を取り「耳がきこえず、衰弱」した体で仕事をしていた時も「すこぶる満足げで、世間を見たいという好奇心に満ちて」いた。「ゴヤの老年期はますます完璧の度を加える上昇であったばかりでなく、不断の更新でもあった」。

画家もはじめは、音楽家同様前時代の影響をうける。「彼は彼より一つ前の世代の絵を通して世界を見るのであり、自分自身の眼で見ることを学ぶには長い努力が必要である」。だから画家は晩年になって漸く大胆となり、自分の「短縮法（ラクルシ）」で描き、「事物の因襲的な映像」から解放される。つまり老いて、むしろ若々しくなるのである。

ボーヴォワールは、このような芸術家の晩年の人間像の中に、老いに対する一つの模範的な解答を見出しているように思われる。「死が間もなく中断するであろう進歩にまだ喜びを見出すこと、継続すること、自分の有限性を知り、それをひきうけながら自分を乗り越えようとすることにまだ喜びを見出すことでもあるのだ。そこには芸術の、思想の価値の生きられた肯定があり、それは人に讃嘆の念を起こさせる」。

政治家にとっての年齢

老いた政治家の場合、時代とのギャップは他のどの職業にもまして深刻である。時代という生きた現実の中にしか彼の役割は存在しないからである。「政治家は、知識人や芸術家よりも密接に他人に依存している。知識人や芸術家は、その材料が人間そのものではない作品を通じて認められることを必要とする。政治家は具体的な人間を素材として用いる。すなわち、彼は人間たちに奉仕するとしても、それは彼らを用いることによってであり、彼の成功も失敗も彼らの手中にあるし、彼らの反応はその大部分が予測しえない」。

一人の政治家が老年になるまでに、時代はめまぐるしく変わる。「人が自分のものとみなす時代は、彼がそのなかで自分のもろもろの企てを考え、実行する時間である」。このような時期には、政治家は時代とともに生き、活動し、歴史を創る。しかし「そうした企てが彼の背後で閉じられるときが来る。そのとき、時代はより若い人々、その活動によってそのなかで自己を実現し、その企てによって時代を生彩あらしめる、より若い人々のものとなる」。一つの時代が終わるとともに一人の政治家の役割も終わる。彼の理想はいつの間にか、時代の理想ではなくなってくるからである。一つの時代の理想は、時代が変わるとその意味＝客観的内実も変わっていってしまう。しかし年取った政治家にとって「彼らを形づくった過去から脱れ出ることは……困難なのだ。彼らはこの過去を通して現在の時事問題を見るのであり、したがって彼らは現在をよく理解しない。新しさに適合するには手段も時間も彼らには不足しており、これを試みることさえ彼らの利害関係によって抑制される」。利害関係とは、過去に築いた地位、権力の座である。地位に対する利害によって、目はいっそうくもる。そしていっそう時代からおくれる。このようにして「政治家は多くの場合、老年期において栄光の座から失墜する」。一つの時代を英雄的に指導しながら、晩年になると時代についていけなかった政治家の例として、ボーヴォワールはクレマンソー・チャーチル・ガンジーなどを

チャーチル

あげている。クレマンソーは、一生変わらぬ理想（フランス大革命崇拝）をもつ共和主義であったが、時代の方が彼より速いテンポで進行し、歴史はいつの間にかその同じ彼を極左から反動にかえた。チャーチルは戦争の時には有能であったが、平和の時代になったとき時代は彼を無能とみた。ガンジーはインドの独立という事業を達成したが、そのために用いた手段（宗教性の高揚）によって、逆に彼は滅ぼされた。ボーヴォワールはこれらの政治家たちの老年期の挫折を不可避的なものとみなしている。政治による「実践は、凝固して実践的＝惰性態となる。この姿の下において実践は世界の総体によってふたたび捉えられその意味を変えられるのである」。このような「事物の反転」は、「宿命的に起こる」ものとしているのである。これらの政治家たちは、「《歴史》の展開の不可避的な要因である、反＝目的性（コントル・フィナリテ）の犠牲」となったとのべている。「政治家は歴史をつくるために、そして歴史によって抹殺されるためにつくられている」のである。

老人とは、このようにして「生き残りの人間」、すなわち他人の眼からみると「執行猶予中の死者」である。しかし、死というものを老人自身はどのように見ているか？

「人生にけりをつける」

人間は、誰でも自分がいつか死ぬということを知っている。その意味で、老人も自分の死が遠くないことを知っている。しかし、死というものが果たして本人にとって、主観的に理解可能な概念なのだろうか？

ボーヴォワールの答えは否である。「死は……サルトルが『実感不可能の』と呼ぶカテゴリーに属する。対自(存在)は死を捉えることも、それに向かって自己を投企することもできない。死は私のもろもろの可能事の外側の境界であり、私自身の可能事ではない。ある日、私は他者たちにとって死んでいるだろうが、私にとって死んでいはしないだろう。……私は自分が死ぬべきものであることを……知っているが、それは私について他者たちの観点をとっているのである。この知識はそれゆえ抽象的、一般的であり、外在性において想定されたものである。私の『死ぬべき性質』はいかなる内的経験の対象ともならない。……私は幻像(ファンタスム)によってそれに近づこうと試みることはできる、私の屍や葬式を想像して。また私は私の不在について夢想することもできる、しかしその場合、夢想しているのはやはりこの私なのだ」。

このように死というものの認識は主観的に不可能である。だから、「死が近づく」認識も成り立たないとボーヴォワールはいう。「死は近くにありもしなければ遠くにありもしない、死は在らないのである。〔死という〕一つの外的不運が、あらゆる年齢において生者の上にのしかかっている」。「老人は彼が『間もなく』死ぬだろうということを知っている」が、この『間もなく』という言葉は八〇歳のときも七〇歳のときと同じように漠然としたままである」。このように老人は、生きている限り死と無縁である。「事実は、老人は――すべての人間と同様――生命（人生）としか関係をもたないのだ」。

老人にとって重要なことは、彼の年齢ではなく、生きる意欲の方である。人間にとって――主観的な意味で――死が近づいてくるのは高齢ということではなくて、彼が生きる意欲を失った時、つまり「行動すること、企てること」をやめる時である。彼女が問題にしているのは、さきの客観的な死＝他者から見た死ではなくて、この主観的な意味での死なのである。彼女はこれをよく表現する言葉として「人生にけりをつける」という言葉をあげている。つまり、自分で自分の人生の幕をおろすという心境で、これはいいかえると「死を望む」あるいは「受けいれる」という意味だという。一人の人間が、その有限な企てをある程度成就し、もうこれ以上何もなしえないと悟った時、つまり「われわれが巻物の終わりに達した時」、「死はどうでもいいもの、さらには慈悲ぶかいものとさえ思われる」。つまり無為と死とはそれほど変わらないのである。

さらにボーヴォワールは、老人にとって死がそれほど悲劇でないもう一つの理由として、老人がすでに近親者、友人たちの多くに死なれていることをあげている。彼らの死は「われわれの人生のなかで彼らとかかわりのあったすべての部分」が奪い去られることを意味する。老人の内部には、このような不在〔欠落〕という空洞が数多くできてしまっている。死という「不在がすべてを呑みつくすであろう時、もうたいした相違はないだろう」というものである。

「しかし、かなりの数の老人が、しかも生きる理由が全くなくなった後までも、生にかじりつくことは事実」である。しかし、これはもっと生物学的次元の――「生命力という漠然としたことばで称ばれるもの」――動物的恐怖であろうとのべている。

しかし、実際に老人を苦しめるものは、死への心配というよりも、もっと身近な、思うようにならない健康とか、現在の苦痛の方である。老人は「日ごとの闘争や惨めさ」より死の方を望むかもしれない。いずれにせよ「老年期において死が最大の災いではないことの証拠は、『人生にけりをつける』ことを決心する老人の数である」とボーヴォワールは結んでいる。

退屈と苦悩　生活のためにあくせくと働くことから解放されると、人は本当に自由になるのだろうか？　高齢は本当に「播いたものを収穫する時期」であり「享受の季節」なのだろうか？

「それは虚偽だ」とボーヴォワールはいう。閑暇を楽しむためには、健康と経済力、物事に熱中できる情熱などが必要である。「今日の社会は、……老人に閑暇を与えるが、それを利用する具体的手段はとりあげてしまうのだ。貧困や窮乏からまぬがれる者も、脆弱となって疲れ易く、しばしば疾患あるいは苦痛のために不随となった肉体をいたわらなくてはならない。……特権者だけがこうした欲求不満を部分的に補うことができる、たとえば、歩くかわりに自動車でドライヴに出かけるとかして。しかしそうした特権者でさえ、現在時の享受がほんとうに彼らを満足させているかどうかは疑わしい。多くの年取った作家は彼らの日々の無味乾燥を嘆いている」。

　このように老人は、仮に貧困と病気から免れても、無味乾燥とか、退屈、倦怠という敵に悩まされる。物事の印象がすべて若い時に味わいうるような新鮮な驚きをもたらさず、「共鳴音」を伴わなくなってくる。「若い時は、世界は意味と可能性に満ちており、ちょっとした出来事も無数の協和音を起こさせる。後になると、われわれの短い未来と同じように狭まった宇宙のなかで、振動は消える」。そして、老人は例の生きながらの死に近づいていくのである。

　ボーヴォワールにあっては、閑暇はそれ自体で価値をもたない。自由論のところでのべたように活動性こそが幸福の形態なのであり、静止は生命の収縮なのである。だから強制された労働からの解放が自由とはならないのである。それらの時間は、新たな投企によって彩られない限り、無為と倦怠でしかない。

　問題は、老人が一つの仕事から退いた時、再び別の活動を見出しうるかということにある。稀な例としては「閑暇になったためにそれまで妨げられていた天職が開花する」場合である。しかし、多くの定年退職者は、往々にして「陰惨な無気力」に運命づけられている。「もっとも恵まれた老年をもつものは、多方面の関心をもつ人々である。そういう人は他の者より再転換が容易である」。老人にとって困難な状況は、退屈の外にもある。老人は、役割と同時に地位も失うのである。具体的な肩書きを失うばかりか、市民としての地位も低められる。「成人たちは彼らを子供と同じように客体として扱うのである」。これは「生物学的にも経済的にも社会的にも彼らの地位は下降した」ためである。つまり、老人の立場は公的な面でも、私的な面でも低いものになるというべきであろう。これはかつての地位からの下降である。老人が名誉や、権力にしがみつくというのはこの失墜に対する死にものぐるいの抵抗の故になのである。「老齢者は自分を小さく限定しなければならないことに苦しむ」。「役職から退けられると、会社社長、工場主、商会支配人などは、生活程度は維持している場合でも、もはや当てどもなくさまよう苦悩する魂でしかない」。

老人の苦悩は、かつての成人としての自分と、老人として縮小してしまった現在の自分との関係の調節が困難だということである。「自分はいまや〔世間から見て〕老人であると知る事実そのものが彼を他者に変え、この他者の実在を彼はどうしても自分として実感することができないのである。一方、彼は彼の身分と社会的役割を失っており、彼はもはや何ものによっても自分を定義しえず、自分が何者であるかも分からない。『同一化の危機』が克服されないとき、そしてこれはしばしば起こることなのだが、老人は途方にくれるのである」。この苦悩が克服されない時、老人はノイローゼになる。そのタイプは多様である。

そうならないにしても、「大部分の老人は陰気のなかに落ちこむ」。ボーヴォワールは次の言葉を引用している。「彼らはもはや笑いを知らない」(アリストテレス)。

老齢による衰えは、老人にとって苦しいだけではなくて、老人を実際に危険にする。老人は、保護される存在となるわけであるが、これは、自分の生存の安全を、多かれ少なかれ、絶対的に他人に依存しているということを意味する。他人の好意や、他人の気まぐれにふりまわされる受動的存在なのである。

「受動的に生きる人々は心配のとりことなる。行動しないかぎりにおいて、女性は心配に蝕まれる。老人たちも同様である。彼らは払いのける手段をもたないいろいろな危険に対して空しく思い悩む」。現在の生活が仮に安全であっても、それは他人の気まぐれによっていつ崩れるかわからない。老人は彼を助けてくれている人が、その援助を「いつでも拒むか、減らすことのできるのを知っている」。また「彼は人々が彼を援助するのは、慣習的道徳のためであって、彼に対する尊敬も愛情を意味しないのではないかと恐れる」。「彼は彼の従属を不信という相貌の下で生きるのである」。

習慣と所有への固執

老人は自分の不安と無力感のためにいろいろな防衛的行動をとる。老人は決められた習慣の中に自分をはめこみ、そしてそれを他人にも押しつける。この習慣は、他人の恣意で満たされている外界の予測不可能な変化に対する防衛的な構築物である。「習慣は、明日を、今日を繰り返すであろうことを彼に保証することによって、彼をその漠然とした不安から守ってくれる」。「習慣は、新しいものへの骨の折れる適応から人をまぬがれさせ、また疑問を提出する必要を感じる前に答を差し出してくれる」。このようにして習慣は老人に「最小限度の安全」を保証してくれるものである。

他人がその秩序を少しでも破ると老人は病的と思われるほどいらだち、抵抗する。習慣はさらに老人の退屈を義務的日課でみたしてくれる。また「過去・現在・未来を混同させ」ることによって、老人を「敵である時間から解放」する。したがって、老人が住みなれた住居を離れることは、時として死を意味するのである。

「自分の習慣に執着するということは、自分の所有物に愛着することを意味する。われわれに所属するもろもろの物は、いわば凝固した習慣なのだ」。所有もまた老人に一つの「存在論的安泰を保証」する性格をもつ。すなわち「老人は、もはやなすことによって自己を存在させえないので、存在するためにもつ〔所有〕ことを欲する」。老人の「もろもろの所有物」は老人自身を意味する。この所有は物品から金銭のすべてを含む。行動することによって存在しうる人にとっては、物や金銭は行動のための手段にすぎない。しかし行動によって存在しえない人にとって、物や金銭は彼自身の存在と同一視されている。これによって老人の吝嗇（りんしょく）の説明がつく。「貧窮のうちに死んだ九〇歳の老女が寝床の下に一財産を隠していた」理由もはっきりする。物品を消耗させたり、金銭を減らすことは、自分自身を減らすことになるからである。老人と物や金銭は「魔術的心理作用」によって一心同体である。「老人は彼の所有物のおかげで彼の自己同一性（アイデンティティ）を確保するのである」。

しかし、この所有もまた習慣と同じように危険にさらされている。つまり他人は「彼の金銭を盗み、あるいは強奪するかもしれない」。「吝嗇は偏執（マニア）となり、神経症（ノイローゼ）的形態をとる」。老人はこの猜疑（さいぎ）心のために、他人を疑い、他人との関係を貧しくし、あるいは他人との関係を絶っていく。少なくとも他人との関係を難しいものにしてゆく。

老人は外部世界に対する不信と猜疑心からすすんで他者との交流の糸を絶っていく。「彼は外部世界を抹殺することはできないが、それとの関係を少なくすることはできる」。彼は意識的に「耳のきこえないふり」をするばかりか口がきけなくもなる。老人の「自己中心主義は、少しずつ彼を侵食していく周囲への無関心によって助長されるが、彼は意識してそれを育てもするのだ。それは防御であり、復讐でもある」。

閉じこもりと反抗

老人と他人とのコミュニケーションの悪化は、単なる無関心と冷淡さにとどまらず、老人の怨恨をも育てる。怨恨は敵意に発展する。「彼は人々から理由なく迫害され」ていると感ずる。彼にまだいくらかの権力が残されていれば、彼は暴君となってこれを濫用する。彼にいくらかの経済力があれば、これを周囲の人が困っているとき、援助を拒否することによってうさばらしをする。

老人はまた「老人性不良化」という概念に相当する反社会的行動にでる。これは「青少年の不良化と同様、自分が除外されていると感じることに起因」しているという。わざと不潔のままでいたり、あてもなく彷徨(ほうこう)したりする。「糞尿の失禁はしばしば意趣返し」である。

ボーヴォワールは、しかしこれらの老人特有の行動の中に「英雄的(ヒロイック)な何ものかがある」という。老人の偏執(マニア)、吝嗇、陰険さは、実は彼らの悲愴な闘いである。「健康、記憶、物質的手段、威信、権威など、すべてが奪い去られた時、一個の人間でありつづけることだけですでに十分困難ではないか」。老人の一見奇異ともみられる努力は、彼らなりの「人間以下のもの」、「無力な客体」、「虫けらのごときもの」になることに対する死にものぐるいの拒否である。

若い人との関係

老人の若い者との関係は、非常に重要である。老人と子供、老人と成人との間にすぐれた交流が成り立てば、老人の心の均衡は保たれる。特に老人と子供、老人と孫との関係が老人の心の幸福を左右する。老人は「孫たちの若さに接して、若返る思いがする。家族関係以外の場合でも、老人たちにとって若い人々の友情は貴重である。それは彼らが生きているこの時代はまだ彼らの時代でありつづけるという印象を与え、彼ら自身の若いころを甦(よみがえ)らせ、彼らを未来の無限へと運んでくれる。それは老齢を脅かす陰気さに対するこのうえない防衛なのである」。

しかし「不幸にしてこのような関係は稀である。若い者と老いた者は二つの別の世界に属し、両者のあいだには意思疎通はわずかしか存在しない」。若い人々が、老人の中に自分の未来の姿を見ようとするか、それとも全く自分とかかわりのないものとして無視し、軽蔑し、嘲笑し、交流を放棄するかは、文明全体の質がかかっている問題なのである。

「生命に執着せず、生命を賭ける」

これはきわめて稀な場合であるが、老齢による義務からの解放がその人間を最高の開花に導く場合がある。「人間社会の埒外(らちがい)に投げ出されることは、人間の宿命である強制や自己疎外からのがれることである」。人間は肩書きを失って無一物になった時、自分を虫けらのように価値ないものと感ずるべきか？　それともより純粋に本来的な自己自身になりえたと感ずるべきか？　肩書きを取り去っても、本当に実のある自分自身というものが残りうるのだろうか？

この問題こそ老人にとって一番重要な問題である。大部分の老人は肩書きを失うと同時に、自分を何者でもなくなったと感ずる。そして彼は「意気阻喪に陥る」か、または外観的な栄誉を欲しがったりする。

しかし、肩書きや、役割のもたらす自己の価値の幻影に惑わされず、自己を失わなかった人間は、これを失うことをもって、真の解放と感ずる。彼らは、今までの肩書きや、役割のために我慢していた諸々の制約から自由になったことを喜ぶ。「それは彼らを偽善から免除する」。彼らは「やっと、私は自分自身であることができる」と感ずる。一般に「社会から退けられた多くの老齢者は、そのため、社会に気にいられようという配慮をしなくなるという利益を受ける」。

老人はさらに、単に世俗的な気遣いを捨てるだけでなく、世間に対してより勇敢になることすらある。「もはや生命に執着せず、平然と生命を賭ける」ものすらある。ボーヴォワールは例として、フランス革命の時、ルイ一六世を弁護し、平然と断頭台に昇った七二歳のマルゼルブ、八九歳の時、核兵器反対のためデモ、すわりこみを行い七日間の禁固をうけたバートランド＝ラッセルなどをあげている。「虚弱な肉体のなかに不屈の情熱を燃やす老人の姿は感動的である」と彼女はのべている。

不断の投企は妥当か

最後に若干の疑問点が残る。一つは、彼女の不断の投企という哲学が、老人に対して完全な解決であろうかということである。第二は、『第二の性』では、社会の責任と同時に、女性個人の責任をあれほど厳しく追求した彼女が、こと老人問題に関しては老人自身の責任の方をあまり追及せず、かなりラディカルに社会全体の改革を提唱している点である。もっとも時代のずれがあるかもしれないが。

成功した老人の例の典型として、彼女は最晩年まで傑作を創造しえた画家、音楽家たちをあげている。これは勿論感動的である。しかし、最晩年には決して最高の成果を期待できないジャンルの人たち、科学者を始めほとんどのジャンルの人たちは、どのようにして晩年を生きるべきであろうか？　かつて一流であった人が、年齢とともに二流、三流……五流と落ちてゆく人生を、いかに楽しく生きるべきか。これが大部分の老人の実態であろう。同じ画家でも、たとえば、レオナルド＝ダ＝ヴィンチは、晩年にはほとんど描かず、日なたにうずくまる老人を自画像として残している。しかし彼は人生の

レオナルド＝ダ＝ヴィンチ

成功者であった。

老年になって投企という活動の幅が減少したからといって、幸福の量が必ずしも減少しないのではなかろうか。『老人と海』の漁夫のように遠くまで出かけ、巨大な魚を釣らなければ、冒険の喜びはありえないものだろうか？　小さな冒険でも、大きな冒険と同じ量の喜びを得る方法はないものか？　つまり小さな投企で、大きな投企と同じ喜びを得る方法、これを見つけることが老人にとって必要ではなかろうか？

モンテーニュの次の言葉は、一歩進んだもののように思われる。「人生を楽しむには、それだけの手心が必要である。私は人生を他人の二倍も楽しんでいる。なぜならば享受の尺度は、われわれがそこにそそぐ熱意の多少に依存するからである。ことに今では、私は余生がきわめて短いことを知っているから、私はこれを重さにおいて延ばしていこうと思う。人生の逃亡の迅速さを、私の把握の迅速さによってひきとめ、人生の経過のあわただしさを、享受の逞しさによって補っていこうと思う。生命の所有が短くなればなる程、私はこの所有をますます深め、ますます充実させなければならない」。

ボーヴォワールのいう不断の投企は、どちらかというと投企の結果を問わず、投企そのものに意義があるという意味がつよい。しかし、老人に関しては、投企の質、その結果の享受の仕方がもっと検討されねばならないだろう。小さな投企でも、若い人より熱心に取り組めば、成功の喜びも拡大できるはずである。

ボーヴォワールのいう「不屈の老人」に対して勿論何の異議もない。誰でも、死の目前まで「不屈」でありつづけ、「目立つほどの能力の低下は見られず」活動を維持しつづけたいと願うのは当然であるからである。

しかし、実際には、このような壮年時と同じ活力の維持に成功した老人（ボーヴォワールは例として、ヴィクトル＝ユゴーやヴェルディをあげている）は例外的老人であって、大部分の老人は避け難い能力の減退に悩まねばならず、失意の人生を生き延びること以外、他の人生を探しえないというのが実情ではなかろうか？

「不屈」といえば、ボーヴォワールには老年の衰えにもかかわらず、この欠損に抵抗して、敢て計画に挑み続ける抵抗精神そのものを価値ありとする傾向がある。たとえ挫折しても努力自体に価値があるというわけである。しかし、このような悲劇的結果を前提とした投企はどうみても老人向きでない。老人はむしろ自分の限界を熟知して、それに見合った投企に自分を限ることで、幸福な情熱の昂揚(こうよう)を経験すべきである。ボーヴォワールのいう「不屈」さは、必ずしも老人の実態に即していないのではなかろうか？

ボーヴォワールは一方では、老年における投企の衰えを説き、他方では不断の「不屈」の投企の連続を推唱する。しかし、この衰えと「不屈」さとのあいだの連絡がどのようにつけられるのか、さきの悲劇的投企の例を除けば、必ずしも明確でないのである。この二者の断層を埋めるべき概念は、自己の欠落の受容の上に立つ、限定された投企という老年に独特の投企のあり方ではなかろうか？

つまり老人にもっとも必要なことは、自己の衰えを誰よりも早く予知し、いやむしろ、将来の衰えを先取り的に予感して、それに対しての最良の策をたてる賢明さをもつことである。老人の叡知がもし承認されるとするなら、この自己の衰えの予見とそれへの対処に対してその力量が問われるべきなのではないか。ボーヴォワールには自己の衰えを前提した上で、これに合うような独特の投企を考案するという対処が少し欠如しているように思われてならない。老人の「不屈さ」も壮年のそれとは区別された独自のものであるべきである。達成の水準や量や、規模を問わず、一定の水準に達しなければ意味をもたぬような投企からは引退して、小さな投企により大きな情熱を燃焼させることのできるような性格の投企を立案することが必要ではなかろうか。さきにモンテーニュがわれわれに示した生き方とは、事業の規模は限定あるいは縮小するかわりにそれに注ぐ情熱の量を二倍にするという対処であった。死に至る最晩年まで大きな作品に打ちこんでいたミケランジェロはこの事業の規模に反比例するように、この仕事に対してはげしい幻滅感を抱いていたとボーヴォワールはのべているのであるが、ここに全く正反対の人生を生きた人物を対置することは無益ではなかろう。レオナルド＝ダ＝ヴィンチは最晩年リューマチのため筆を断っていたが、悠々と自足する知性の安息に満足してきわめて平和な人生を送ることができたのである。

これに続く第二の問題点は、老いという事実を自己の責任において荷うという観点が少ないという点である。『第二の性』を哲学的にきわだたせていたものは女性に劣性を導いた来歴がどのようなものであれ、その事実を自己の責任において荷うべきだという思想であった。その劣性が社会によってつくられたものであっても、つまり社会が加害者であっても、被害者もまた共犯者として責任があるとするのがボーヴォワールの考え方であった。しかし、『老い』になると、彼女はその凋落の責任を、老人自身に求めるよりは、社会の方に置いているように思われる。「不屈」さを失う原因のすべてが社会にあるわけではないであろう。たとえば、みずからすすんで行った適応過剰の故に、つまり自分の生き方の誤りの故に自分の主体的情熱の衰弱を招かざるをえなかったような人々もあるにちがいない。しかし、ボーヴォワールの関心は、主として老人をその壮年時代を通じて不当に扱ってきた社会制度の糾弾と社会の制度的変革に向かっているのである。この熱意にはたしかに一理あるとしても、『第二の性』の著者ならば、悪い社会の糾弾に熱意を注ぐよりは、自分の衰えに責任をもち、その避けがたい欠損の中で自足感を開花させる論を展開することもできたのではないかという期待を抱かせるのである。

老人自身の責任

しかし、この期待は無理のようである。まずボーヴォワールは超越主義であるから、投企することで不断に現状を乗り越えていくことにしか自由を求めないのである。当然行為の成果の中に満足して、その〝己れの果実に憩う〟といった生き方は容認しないであろう。また次に投企といっても、さきにみたように、老人向きの限度を限って満足を得るといった小足の思慮がみられない。投企といえば悲劇的結末も辞さない「不屈」の挑戦のみなのである。

このようにボーヴォワールの描く老人は、いつまでも元気な老人の像＝特権的老人像か病いと衰弱に閉塞する像かそのいずれかに分裂する結果になるように思われる。実際に必要な老人の像とはこの二者の間の媒介をはかる試みの中にあるように思われるのであるが、そもそも元気で強健なボーヴォワールにこれを期待することは無理なのかもしれない。

あとがき

本書は、ボーヴォワールの思想を中心にまとめたものである。ボーヴォワールの語る言葉そのものは大変やさしいものであるが、そのことがかえって思想の理解を困難にしている向きもある。その叙述が膨大で多岐にわたる結果になるからである。体系的に語らないことが、彼女の長所である。しかもその思想は、彼女自身の生きる姿勢と不可分であるので、彼女の生きる姿勢の素直さ、自己欺瞞を斥ける厳しさに同感できない人にとっては読みにくい思想のように思われる。また彼女は作家でもあるということで著作の量は大変多い。したがって彼女の全体像を正確に把握することは意外と簡単ではない。

私は若い時代、ボーヴォワールを初めて手にした時、彼女の女性に対する厳しい批判に大変魅力を感じたのを今でも覚えている。今になってみると、それは彼女がフランスのモラリストたちの伝統をうけついだ思想家であると思い当たる次第である。そして体系を好まないという意味でも彼女は大変フランス的だと思う。

彼女は、そして作家である。作家が同時に思想家でもあることは、日本ではなかなかありえないことである。同時に、逆にアカデミックな研究組織に属さない、つまり在野の人間が思想家として一家をなすということも、日本ではなかなかありえないことである。しかし、諸外国では、思想家は必ずしもヘーゲルのような大学の教授に限られていない。スピノザはレンズみがきであったし、J・S・ミルは父の経営する会社の社員であった。このあたりが、哲学を自分の生活の中から創造してきた外国と、哲学輸入国である日本との文化の落差を示すところであろう。

日本でも、もっとアカデミズム以外のところで思想が形成されてもよい時代がきているように思う。とくに若い日本の女性が、現在一つの研究をなすことは大変困難な条件のもとにある。しかし、そのような人によっても、ボーヴォワールのような在野での生き方というものは一つの励ましになるのではないかと思う次第である。

* * *

ボーヴォワールが他界した現在、現代のフェミニズムにとって、彼女が残したものが何であったのか、改めて振り返ってみたい。主体的投企の中にこそ自由があるというのが、ボーヴォワールの基本的な立場であった。ただ、その投企の内容に関してみてみるならば、彼女のいう投企は男女共通のものであって、女性的投企・男性的投企といった差異はありえないとされている。彼女は女性固有の価値があることを否定している。これは彼女が男女の間に性差を重要視せず、その共通項こそ主要な部分だと考えるためである。この考え方は今日ではミニマリズムと呼ばれている。しかし数学の問題を解くというような分野に関しては男女同じであるが、生活の仕方に関して女性がのぞむ夢と男性がのぞむ夢とは常に同じとは限らない。

その結果、男女の差異を認めないこと、また彼女の姿勢が主体的であることから、ボーヴォワールの立場は、クリステヴァなどの差異派フェミニストと大きく対立してくるようになる。ボーヴォワールは男性原理にしたがって女性の解放を考える「父の娘」にすぎぬという批判を受けるようになった。クリステヴァは男性のロゴス的主体性の支配を否定し、感情的なものの中に女性の特徴が生まれると主張する。また男性的でないものは、主体的でないものと規定される。したがって主体的でないものとは、たとえば無意識の情動などが女性性の特徴とされる。しかし逆に、ボーヴォワールにとって、主体的でないものといったものは何の意味ももたないものとなる。ボーヴォワールの素晴らしさはやはり、彼女が偉大な主体性論者であった点にあるのであるが、ただ問題は主体性に男女の差異がないといいきってよいものかどうかという点にある。その主体性を頑固に守りながら、同時にそれをどれほど女性の個性で色どり、女性の夢で満たすかが、今後に残されたわれわれの課題である。ボーヴォワールの投企は、感情＝内在を超越する意識性としてとらえるから、その性格は非常に男性的なものになってくる。しかし同じ男性でも、モーツァルトがそうであったように主体性を感情的自然の動きとしてとらえる仕方もある。女性はこのような生き方に関しては男性よりも一般に有能である。主体投企は単に意識の投企にとどまらずこれを情熱としての主体的投企に変えることができる。これが女性的個性としてボーヴォワールのあとに問わるべき内容ではないだろうか。

理論的にはボーヴォワールはたしかに男性的であるので、男性の一味と考えられても当然かもしれない。しかし『自伝』にみられるボーヴォワールその人は、きわめて自然な生き方を貫き、幸福を追求し、その情熱においてきわめて女性的であった。シュザンヌ＝リラールは「ボーヴォワールの理論的立場と、根っから女らしい彼女の感受性とのあいだには、ある不調和がある」とのべている。

ボーヴォワール年譜

西暦	年齢	年譜	社会的事件および参考事項
一九〇八		1・9、パリに生まれる。父は弁護士、母は銀行家の娘でカトリック信者。	
一〇	2	妹のエレーヌ、生まれる。	
一三	5	デジール私塾に入る。	
一四	6		6月、第一次世界大戦勃発。
一七	9	10月、ザザと出会う。	10月、ロシア革命
一八	10	母方の祖父の銀行破産。父、上流社会への志向を捨てる。	11月、第一次世界大戦終結。
二二	14	信仰を失う。	
二五	17	10月、ソルボンヌ大学に入学（ヌーイでガリックの文学の講義を、カトリック学院で一般数学の講義をうける）。	
二六	18	ガリックの「社会部隊」に入る。ソルボンヌで哲学の講義をうける。	
二七	19	ソルボンヌで文学と哲学の最終免状を得る（哲学ではシモーヌ＝ベェイエに次いで二番）。	ハイデッガー『存在と無』
二八	20	ソルボンヌとエコール－ノルマルで上級証書そして哲学の	

年	年齢	事項	社会の出来事
一九二九	21	大学教授資格試験（アグレガシオン）の受験の準備を始める。 6月、サルトルと出会う。 10月、ヴィクトル＝デュリュイ高等中学校の非常勤講師、個人教授などで経済的に自立し、家を出て、祖母の家に下宿。 サルトルと二年の契約結婚をする。 11月、サルトルが18か月の兵役につく。	世界恐慌おこる。
三一	23	マルセイユの学校に赴任。	
三二	24	ルーアンに転任。	
三四	26		ヒトラー、総統となる。
三六	28	パリのリセーモリエール校に転任。	
三九	31	サルトル、召集されアルザスに駐屯。 10月、カミーユ＝セー女子高等中学校、フェヌロン女子高等中学校で教える。	9月、第二次世界大戦勃発。
四〇	32	サルトル、捕虜となる。	6・17、フランス軍降伏。 パリ占領される。
四一	33	サルトル、収容所を脱走し、パリに戻る。 小説『招かれた女』（一九三八年より書き始めこの年に書き終えた）、ガリマール社に受け入れられる。	日本、米英に宣戦し、太平洋戦争おこる。

一九四三	35	小説『他人の血』にとりかかる。『招かれた女』出版され、新進女流作家としてデビュー。教職を離れる。レジスタンスを通じて、ミッシェル＝レリス、カミユ、メルロ＝ポンティらと知り合う。	イタリア、無条件降伏。
四四	36	哲学的エッセイ『ピリュウスとシネアス』を出版。	8・23、パリ解放。
四五	37	『他人の血』出版。戯曲『ごくつぶし』出版。サルトルも教職を去る。二人とも有名人となる。雑誌「現代」を創刊。	5月、ドイツ降伏。8月、日本降伏。
四六	38	小説『人はすべて死ぬ』出版。	
四七	39	哲学的エッセイ『両義性のモラル』出版。第一回のアメリカ旅行。各地の大学で講演。	米ソの対立深まる。
四八	40	エッセイ『アメリカその日その日』、評論『実存主義と常識』刊行。	
四九	41	女性論『第二の性』出版。	北大西洋条約機構調印。東・西ドイツの成立。中華人民共和国成立。
五〇	42	春、北アフリカ旅行。6月、11月、アメリカ旅行。	
五二	44	7月、ノルウェー・イギリス（スコットランド）旅行。	アンリ＝マルタン事件。

年	年齢	事項	社会
一九五三	45	運転免許をとり、自動車「アロンド」を買う。	スターリン死去。
五四	46	サルトル、共産党に接近。小説『レ・マンダラン』出版。ゴンクール賞を獲得し、作家としての地位を決定的とする。	アルジェリア独立戦争始まる。アメリカ、ビキニで原爆実験。
五五	47	サルトルとともに中国とソ連を訪問。	
五六	48	評論『特権』刊行。	ハンガリー動乱。
五七	49	評論『長き歩み』を刊行。	オーダン事件。ベン・サドク裁判。
五八	50	自伝『娘時代』刊行。アルジェリア問題では共産党と共闘。反ドゴールのデモに参加。	フルシチョフ、ソ連首相に。
五九	51	サルトルの『アルトナの幽閉者』初演され、フランス人に深い感銘を与える。	
六〇	52	自伝『女ざかり』刊行。「一二一人宣言」（アルジェリア戦争における不服従の権利の宣言）に署名。	カミュ、急逝。
六一	53	右翼のテロにねらわれる。	ケネディ、米大統領となる。

年	年齢	事項	社会
一九六二	54	右翼のプラスチック爆弾により、サルトルの部屋が破壊される。『ジャミラ・ブパシャ』刊行。	アルジェリア戦争終結。
六三	55	自伝『或る戦後』刊行。	ケネディ、暗殺される。
六四	56	小説『おだやかな死』刊行。	トリアッチ死去。
六五	57	自動車事故に会う。	ヴェトナム戦争拡大。
六六	58	小説『美しい映像』刊行。日本訪問。	中国、文化大革命始まる。
六七	59	ストックホルムのラッセル法廷に出席。	
六八	60	小説『危機の女』刊行。	五月革命。
六九	61	フランス新左翼へ共感示す。	ヤスパース死去。
七〇	62	評論『老年』(邦訳『老い』)刊行。ウーマン・リブのデモに参加。	バートランド＝ラッセル死去。
七二	64	自伝『決算のとき』刊行。	
七八	70	映画「ボーヴォワール、自身を語る」(監督ジョゼ＝ダイヤン)上映。日本でもアテネ・フランセで上映。映画の完訳テキスト『ボーヴォワール——自身を語る』(人文書院)出版。	
八〇	72	4・15、サルトル死去(享年七五歳)。	
八三	75	4・19、ソニングプリセン賞を受賞。	
八六	78	4・14、死去。	

参考文献

●全集

『招かれた女』(『ボーヴォワール著作集』1) 川口篤・笹森猛正共訳 ―― 人文書院 昭42

『人生について』(〃 2) 青柳瑞穂・高橋允昭・大久保和郎共訳
(『ピリュウスとシネアス』「両義性のモラル」「実存主義と常識」) ―― 人文書院 昭42

『他人の血・ごくつぶし』(『ボーヴォワール著作集』3) 佐藤朔訳 ―― 人文書院 昭42

『人はすべて死ぬ』(『ボーヴォワール著作集』4) 川口篤・田中敬一共訳 ―― 人文書院 昭42

『アメリカその日その日』(『ボーヴォワール著作集』5) 二宮フサ訳 ―― 人文書院 昭42

『第二の性』I(『ボーヴォワール著作集』6) 生島遼一訳
(「女はこうしてつくられる」「女はどう生きるのか」) ―― 人文書院 昭41

『第二の性』II(『ボーヴォワール著作集』7) 生島遼一訳
(「自由な女」「女の運命」「女の歴史」「文学に現われた女」) ―― 人文書院 昭41

『レ・マンダラン』I(『ボーヴォワール著作集』8) 朝吹三吉訳 ―― 人文書院 昭42

『レ・マンダラン』II(『 〃 9) 朝吹三吉訳 ―― 人文書院 昭42

●評論と小説

『実存主義と常識』 小野敏子・大久保和郎共訳 ―― 創元社 昭27

『招かれた女』 川口篤・笹森猛正共訳 ―― 創元社 昭27、河出書房 昭30、(文庫)新潮社 昭31

『人はすべて死す』　川口篤・田中敬一共訳　――　創元社　昭28、（文庫）岩波書店　昭34
『第二の性』　生島遼一訳　――　新潮社（文庫）昭28～29、昭28～30、（小型普及版）昭31
『他人の血』（『現代世界文学全集』20および文庫）　白井浩司・佐藤朔共訳　――　新潮社　昭28
『サドは有罪か』　室淳介訳　――　新潮社　昭29
〃　（「サドを焚刑にすべきか」「現代の右翼思想」「現代誌」掲載論文及び『特権』収録）
　白井健三郎訳　――　現代思潮社　昭42
『人間について』（「ピリュウスとシネアス」）（文庫）　青柳瑞穂訳　――　新潮社　昭30
『アメリカその日その日』　河上徹太郎訳　――　新潮社　昭31
『レ・マンダラン』（『現代世界文学全集』45・46）　朝吹三吉訳　――　新潮社　昭31
『長い歩み――中国の発見』　内山敏・大岡信共訳　――　紀伊国屋書店　昭34
『現代の反動思想』（岩波現代叢書）　高橋徹・並木康彦共訳　――　岩波書店　昭34
『人はすべて死す』（岩波文庫）　川口篤・田中敬一共訳　――　岩波書店　昭34
『ジャミラよ朝は近い――アルジェリア少女拷問の記録』　ボーヴォワール、ジゼル、アリミ共著
　手塚伸一訳　――　集英社　昭38
　（コンパクト・ブックスとしては昭和40年刊行）
『おだやかな死』　杉捷夫訳　――　紀伊国屋書店　昭40
『女性と知的創造』　朝吹三吉・朝吹登水子共訳　――　人文書院　昭42
『美しい映像』　朝吹三吉・朝吹登水子共訳　――　人文書院　昭42
『危機の女』（他に「控え目の年令」「余白」を収める小説集）　朝吹登水子訳　――　人文書院　昭44
『老い』　朝吹三吉訳　――　人文書院　昭47

●自　伝

『娘時代』　朝吹登水子訳 —— 紀伊国屋書店　昭36

『女ざかり』　朝吹登水子・二宮フサ共訳 —— 紀伊国屋書店　昭38

『或る戦後』　朝吹登水子・二宮フサ共訳 —— 紀伊国屋書店　昭40

『決算のとき』上・下　朝吹三吉・二宮フサ共訳 —— 紀伊国屋書店　昭48〜49

●その他の文献

『ボーヴォワール』　J・カフィエ著　岩崎力訳 —— 人文書院　昭42

『サルトルとの対話』　ジャン-ポール・サルトル、シモーヌ・ド・ボーヴォワール、加藤周一、白井浩司、日高六郎、平井啓之ほか —— 人文書院　昭42

『ボーヴォワールの哲学』　村上益子著 —— 啓隆閣　昭42

『ボーヴォワールあるいは生きる試み』　F・ジャンソン著　平岡篤頼・井上登共訳 —— 人文書院　昭46

『高群逸枝とボーヴォワール』　高良留美子著 —— 亜紀書房　昭51

『ボーヴォワール——自身を語る』　ボーヴォワール著　朝吹三吉・朝吹登水子共訳（映画「シモーヌ-ド-ボーヴォワール」の完訳） —— 人文書院　昭55

「理想」（サルトルとボーヴォワール特集）　一九六六年一〇月号 —— 理想社　昭42

『別れの儀式』　ボーヴォワール著　朝吹三吉ほか訳 —— 人文書院　昭58

Robert D. Cottrell, *Simone De Beauvoir.* Frederick Ungar Publishing Co. 1975

さくいん

【人名】

【事項】

【書　名】

ボーヴォワール■人と思想74　　定価はカバーに表示

1984年 7 月20日　第 1 刷発行©
2016年 2 月25日　新装版第 1 刷発行©

・著　者 ……………………………… 村上（むらかみ）　益子（ますこ）
・発行者 ……………………………… 渡部　哲治
・印刷所 …………………………… 広研印刷株式会社
・発行所 ………………………… 株式会社　清水書院

〒102-0072　東京都千代田区飯田橋3-11-6
Tel・03(5213)7151～7
振替口座・00130-3-5283
http://www.shimizushoin.co.jp

検印省略
落丁本・乱丁本は
おとりかえします。

CenturyBooks

Printed in Japan
ISBN978-4-389-42074-1

CenturyBooks

清水書院の〝センチュリーブックス〟発刊のことば

近年の科学技術の発達は、まことに目覚ましいものがあります。月世界への旅行も、近い将来のこととして、夢ではなくなりました。しかし、一方、人間性は疎外され、文化も、商品化されようとしていることも、否定できません。

いま、人間性の回復をはかり、先人の遺した偉大な文化を継承して、高貴な精神の城を守り、明日への創造に資することは、今世紀に生きる私たちの、重大な責務であると信じます。

私たちがここに、「センチュリーブックス」を刊行いたしますのは、人間形成期にある学生・生徒の諸君、職場にある若い世代に精神の糧を提供し、この責任の一端を果たしたいためであります。

ここに読者諸氏の豊かな人間性を讃えつつご愛読を願います。

一九六七年

清水幹雄

SHIMIZU SHOIN